Ao entardecer (vários contos)

Visconde de Taunay

Copyright © 2013 da edição: Editora DCL – Difusão Cultural do Livro

Equipe DCL – Difusão Cultural do Livro
DIRETOR EDITORIAL: Raul Maia

Equipe Eureka Soluções Pedagógicas
REVISÃO DE TEXTOS: Joana Carda Soluções Editoriais

Texto em conformidade com as novas regras ortográficas do Acordo da Língua Portuguesa

```
Dados  Internacionais  de  Catalogação na  Publicação  (CIP)
       (Câmara  Brasileira  do  Livro,  SP,  Brasil)

     Taunay, Alfredo d`Escragnolle Taunay, Visconde
     de, 1843-1899.

       Ao entardecer (vários contos) / Visconde de
     Taunay. -- São Paulo : DCL, 2013. -- (Coleção
     clássicos literários)

       ISBN 978-85-368-1677-7

     1. Contos brasileiros I. Título. II. Série.




13-03362                            CDD-869.93
```

Índices para catálogo sistemático:

1. Contos : Literatura brasileira   869.93

Editora DCL – Difusão Cultural do Livro
Av. Marquês de São Vicente, 1619 – Cj.2612 – Barra Funda
CEP 01139-003 – São Paulo/SP
Tel.: (0xx11) 3932-5222
www.editoradcl.com.br

Sumário

Pobre menino I 5

II 10

Ciganinha I 14

II 18

III 22

IV 25

V 26

VI 29

VII 31

VIII 34

IX 37

X 40

XI 43

XII 46

XIII 49

Cabeça e Coração I 50

II 54

III 57

IV 60

Uma vingança I 63

II 67

Rapto original I 70

II 74

III 77

IV 81

O estorvo 83

Nota do editor

Ao Entardecer é uma compilação de contos publicada em uma versão definitiva em 1901. Para melhor lidar com a fidelidade literária e apresentar ao leitor o texto mais próximo da supracitada edição, optamos por manter a grafia original de algumas palavras como, por exemplo, phrase, ella, sympathico e parenthesis, no intuito de mostrar ao leitor a forma como a obra foi lida em sua primeira edição.

Boa leitura!

Ao entardecer

Pobre menino!

I

*E*m dia fresco e de chuva miuda, viajava eu na estrada de ferro Central. Vinha de S. Paulo para o Rio de Janeiro em trem que parecia, contra inveterados hábitos, dever chegar á hora regulamentar.

A locomotiva como que se aprazia a devorar o espaço – na phrase consagrada – por tempo tão grato que dispensava calor, poeira e grandes atrazos, e o jornadear, calculado por tabella official de paradas certas, inflexíveis, sempre as mesmas, era relativamente agradável.

Na estação do Cruzeiro, onde desde largos annos –ia dizendo séculos – imperam o porte dominados, a alentada bengala, a enérgica gesticulação e as barbas medieváes e enchumaçadas do major Novaes, entrou uma família, regressando de Caxambú.

Pae, mãe, bastante moços, esta ainda vistosa, bonita, um filho de 12 para 13 anos, visivelmente doente, duas creadas, uma branca, outra preta, e um molocóte, vestido de pagem, muitas malinhas de mão, chales, cobertores, travesseiros, garrafas de leite e aguas mineraes, embrulhos com restos, sem duvida, da matolotagem, comida á descida da serra.

Tudo aquilo ás carreiras se arrumou nos bancos vazios ao lado e ao redor de mim.

Afinal, apitou a machina e partiu o barulhento comboio.

Cançado de ler, exgotados os jornaes de S. Paulo, parcos de novidades, e um tanto aborrecido com um romance de Charles Merouvel comprado no Garraux, que não me interessava, nem merecia interesse, puz-me a observar os recem-chegados.

No rosto de todos, a inquietação, concentrada no menino que, apenas sentado, pedira para se deitar.

– Sinto-me tão fraco! Exclamou dolente. Não tenho mais forças!...

E com muita solicitude, creadas e molecote, auxiliando apressados os amos e obedecendo-lhes ás indicações, arranjaram os meios de dar melhor commodo ao doentinho, cujos pés ião além do banco e se contraiam de cada vez que passavam os empregados do trem.

Sim, doente, muito doente até. E tão sympathico, tão meigo, uma expressão de tanta doçura na physionomia, nos olhos bem rasgados, pestanudos, negros, scintillantes, mais do que há vida normal, uns olhos de sofrimento e febre!... Os labios como que reviam sangue, de tão rubros; em compensação, as orelhas, muito grandes, desgraciosamente apartadas, da cabeça, umas orelhas desmarcadas, como as do mallogrado Napoleão IV, mostravão-se brancas, diaphanas, num grão de deploravel e significativo descoramento.

Impressionaram-me logo de princípio os modos e as observações do menino. A cada momento, sorria para os pais com immensa ternura, repassada de melancolia, ainda que n'essa continua e commovedora caricia transparecesse a vontade de lhes incutir coragem e esperanças.

– Apezar de tudo, disse todo superexcitado, estou mais valente do que homem. Assim mesmo não posso ainda estar olhando pela janella. Que pena! Tinha tanto que ver! Apenas ficar bom havemos de viajar a valer, não é? Levarei os meus cadernos de estudos e lucrarei muito. Não deve haver melhor modo de aprender do que viajar. O livro vai sempre aberto diante dos olhos... E eu, que fazia outra idéa da Mantiqueira... mais sombria, mais cheia de buracões e pedras. Tão catita, que ella é!...

E buscando outra posição, gemeu surdamente.

– Sentes muita febre, boy? Perguntou a mãe com augustia.

– Muita, não... já disse á mamãe, menos do que hontem; assim mesmo tenho cá dentro em fogo!... Mas que bonita a serra desde o tunnel até ao Perequê!...

– Talvez a frialdade da agua te tivesse feito mal, observou o pai; dous copos cheios...

– Que mal, papai? Nunca bebi com tanto gosto, nunca! Eram uns copinhos... parecia que aquella agua devia curar-me afinal...

E como que em subdelirio:

– Que bonita a descida! Como o céo estava puro! Eu quizera poder, como um passarinho, atirar-me de cabeça para baixo, voando, voando, por cima de todas aquellas montanhas e dobras e matarias! E o sol como brilhava, com um calor tão bom, de saude; não como calor de febre! Lorena, não é, papai? Já em baixo, na varzea, uns pontinhos brancos. Quanto é boa a vida, a vida... a gente sentir-se valente, robusto... sem necessidade de tanto remedio amargo!

– Vamos pôr-lhe o thermometro? Propoz a mãe para o marido com uma lagrima a cahir-lhe da palpebra.

Recalcitrou um pouco o pobrezinho.

– Não, mamãe; sempre esta massada! Ficar parado um tempão... e para que, afinal? Esta febre não quer me deixar... bem feliz se puder ir vivendo com ella... me acostumando aos poucos.

Resignou-se, porém, com gracioso amuo e quedou se immovel e silencioso, com o bracinho esquerdo bem encostado ao peito.

Ao entardecer

E os olhos negros, pestanudos, scintillantes, giravam de um lado para outro, enquanto a ponta da lingua em continua vaivem, molhava os labios recequidos e greatdos pelo ardor da terrivel consumpção.

Cruzaram-se os seus olhares com os meus e tiveram como que um sorriso de sympathia e cordialidade, com uma pontinha de vexame por estar assim doente, anniquilado, n'aquella inferioridade da molestia triumphadora, invicta.

Embora um tanto casmurro na viagem e nada propenso a entabolar relações com adventicios companheiros de caminho, não me contive e, inclinando-me para o lado em que estava a mãe, perguntei-lhe, abaixando a voz:

– Desde muito enfermo este interessante menino?

Respondeu-me e senhora com verdadeiro açodamento de quem acha uma valvula de expansão a constante e incompressivel sobressalto.

– Muito não... uns quarenta dias. Nem o senhor imagina como boy era forte e são... dormia como um chumbinho... bom apetite sempre, avido de movimento... Boy não parava..., travesso como um cabritinho, muito bomsinho porém, sempre...

E boy isto e boy aquillo. Chamava-o assim desde creancinha. A madrinha, muito dada a leituras inglezas, lhe puzera essa appellido familiar...

– De que não gosto nada, interrompeu o menino com engraçada seriedade. Eu me chamo Alberto.

Mas a mãe continuava:

– Haviam feito, no mez anterior, um passeio fatal á chacara de uns amigos para os lados do Jardim Botanico, elle se agitara de mais com os camaradas n'umas correrias sem fim, se resfriara...

– Brincaram perto de uma valla aberta de pouco, explicou o pai...

– A' noite, perturbação de digestão, e desde ahi uma febre tenaz, rebelde, que nada pudera atalhar. Tomara já quinino... um desproposito!... um horror!... Depois continuas mudança, Gavea, Engenho Novo, Cascadura, Barbacena, Caxambu, tudo sem resultado...

– Não há tal, contradictou o pequeno, já estive pior... E'não desanimarmos. Olhem, façam tudo para não me deixarem morrer... Tenho tanto que aprender e estudar!... Que atrazo este tempo todo em pura perda! Como o Cardoso e o Souza devem ter-se adiantado nas aulas!... Quando é que hei de pegal-os agora?...

Não pensava n'outra cousa, ia-me dizendo a mãe, enquanto as lagrimas, como que já por habito, lhe corriam a fio. Tão boa creança, tão estimada de todos, estudioso... tanto estimulo! Uma ambição insaciavel de saber... Muitas vezes se levantara ella da cama para apagar-lhe a vela e fazel-o deitar-se... Ardendo em febre, pedia os livros, queria seguir as lições, ouvir os professores... Nunca se vira cousa igual... Tirara já bonitos premios... livros muito dourados, com gravuras...

– Já mamãe está falando de mim, interrompeu Alberto com ligeiro tom de reprehensão. Este senhor há de desculpar... é de toda a mãe. Não sou melhor do que tantos outros...

E o seu rosto emsombreceu-se.

– Pelo contrario, valem mais do que eu, muito mais...

– Porque, meu amiguinho? Perguntei commovido.

– Oh! Elles têm saude; eu nunca mais hei de tel-a, ainda que escape d'esta... Tambem, d'ora em diante saberei arredar-me sempre de vallas abertas... Verdade é que me diverti tanto!

E recomeçava o sub-delirio:

Cada qual nascera com a sua sorte. O Carlinhos, que cahira dentro do fosso e se molhara dos pés á cabeça não tivera nada... e elle!... Quanto se rira, que boas gargalhadas déra, vendo o companheiro atolado... Sahira sujo de lama, que era uma miseria... E a borboleta azul que estavam perseguindo fugira, fugira; subindo muito alto... E as azas tinham-se aberto largas, immensas, como um manto... tomando d'alli o pouco o céo todo, de ponta a ponta... Tambem, que lembrança, querermos pegar o céo... o céo!

Ahi, fazendo um esforço sobre si, perguntou impaciente:

– Papae, não é tempo de tirar o thermometro? Está me incommodando. Além da febre e sêde... esta caceteação!...

Era tempo.

– Quantos graus? Indagou a mãe com dolorosa sofreguidão.

– 38° e 8, respondeu o pai. Hoje, bem melhor d o que hontem, pois a esta hora Alberto tinha 39 e 2.

Via-se porém, que encobrira a verdade, pois destoavam as aquietadoras palavras com o ar de desalento que simultaneamente se lhe estampava no rosto. Ao guardar o thermometro no estojo de metal, fez-me imperceptivel signal.

Levantei-me e fingi que ia refrescar o rosto no cubiculo ao lado, poeirento e sujo toilette do vagão.

D'ahi a pouco, chegava o homem.

– 39 e 8, foram as suas primeiras palavras, pontuadas de terror.

E, acabrunhado, poz-me a contar o caso, banal, diario, tão commum, mas sempre pungitivo da sua immensa desgraça. Esse menino, a alegria da sua vida, a vida da sua mulher, ricos elles, sem mais objectivo algum na existencia. Agora, aquella febre invencivel, que zombára de tudo e lhes estava matando a adorada creança, debaixo dos olhos, dia por dia. Mudem de ares, era o incessante conselho dos medicos; o recurso único que lhes restava. E não faziam outra cousa; de um lado para outro, semanas inteiras. Para onde mais ir? E os terrores em logares distantes, ermos, sem recursos, sem para quem appellar, quando vinham accessos de estupenda violencia!...

Ao tomar então nos braços o filho, parecia que o tirava de um brazeiro... queimava... Como poderia por mais tempo resistir organismo tão delicado?... Que cruel expiação era essa? E expiação porque? Afinal, nem elle, nem a mulher tinham culpas ou crimes a pagar? Porque os esmagava,

Ao entardecer

tão dura, a mão de Deus? De que o acusava a justiça eterna? Confessava Ter sido sempre bastante orgulhoso dos haveres herdados e sobretudo d'aquelle filho tão perfeito... Mas quem o fizera assim? Não fora a propria natureza? Casára-se por amor com uma moça pobre, rejeitando propostas de enlaces ricos. Nunca se arrependera, porém... haviam, até pouco, sido tão venturosos! Parecia que a felicidade era um crime. A vida devia ser triste, agoniada, passada em lagrimas e travada de amargos desgostos...

E ao dizer tudo isso, apezar de violento esforço, tinha as palpebras molhadas. Via-se que aquelle homem sofria cruelmente, sobretudo na altivez innata, ao ter que abrir o peito, por irresistivel impulso, a um desconhecido que arvorava, na conturbação da sua dor, em amigo e amigo intimo.

Pouco se importàra, a principio, com a tal febre, não pelas affirmações, sempre tranquillisadoras, dos muitos medicos consultados, a mestrança, portanto, graças a Deus, podia pagal-os generosamente; mas afigurava-se-lhe impossivel, fóra de toda a ordem, lei e justiça, que a vida do seu Alberto pudesse perigar. Nem de leve lhe passara isso pela mente... nunca!...

Um menino destinado a tanta cousa! Havia de ser, por força, homem excepcional, conquistar as mais altas posições no Brasil, dando prestigio á enorme fortuna que lhe era destinada... Herdeiro universal do avô riquissimo, com duas tias solteironas, de que era o ai-Jesus, ambas com muitas posses, quem podia contar com futuro mais brilhante?... Elles, os pais, tinham de renda mensal nada menos de cinco contos e gastavam-na com regra e prudencia, fazendo ás vezes apertadas economias, para que o Alberto na sua carreira politica jamais se preocupasse com o dinheiro, encontrando-o sempre á mão... Tudo isso, tudo seria debalde? Arredava do espirito á possibilidade de irremediavel desastre...mas...

E a custo lhe sahiam as palavras... mas a morte a nada attende... a nada! É inexoravel!

Prorompendo então em soluçoso pranto, agarrou-se a mim, convulsivamente.

– Ah! meu filho, Alberto! Quanto é castigada a minha soberba! Está perdido... perdido!... E por quanto tempo, por quantos dias ainda o hei de possuir?

Sacudi-o com certa energia:

– Silencio! Sua senhora póde ouvil-o! Olhe, lave o rosto; esconda os signaes da sua commoção. Naturalmente exagerava o perigo...

O desconsolado pai abanou a cabeça; mas obedeceu-me oppresso e alquebrado.

II

Quando voltamos aos nossos bancos, parecia Alberto presa de agitado sonno. Pelo menos, tinha as palpebras cahidas, como que prostradas por vontade alheia ao organismo.

Via-se que febre intensa lhe trabalhava nas veias – faces escarlates, beiços rubros, estremecimentos repetidos por todo o corpo, fulgurantes. Relampagos de frio – assim nos dissera – lhe zigzagavam pela espinha dorsal, contrahindo-lhe, de cada vez, os bracinhos magros, descarnados.

– Agua, agua, murmurou a custo, depois de algum tempo e abrindo com sofreguidão os labios seccos, ávidos.

O molecóte, Apresentou-lhe rapido um copinho de leite, cortado com agua mineral.

– Mió, nhonhô? Perguntou baixinho com expressão de tocante e inquieto interesse, miósinho.

Com um gesto de dedo, respondeu não o pobre do menino.

Em extatica e inexcedivel desolação, o contemplava a mãi, achegando os cobertores, quando um movimento mais impacientado e vivo do doente os atirava ao chão, n'aquellas crudelissimas alternativas de algidez e de inaturavel calor.

– Apenas chegarmos ao Rio- disse ella para o marido, que, sorumbatico, olhava pela janela a fugitiva paisagem – devemos logo embarcar, fazer uma longa viagem de mar, talvez até á Europa...

Entreabriu Alberto os olhos e, em tom de ligeira malícia, objectou:

– Ora, a malvada embarcará comnosco... Está dentro de mim; não me largará mais...

E o trem corria, corria! Entre Mendes e Rodeio, engolfou-se no tunnel grande, acordando barulhos ensurdecedores, de fantasticos ferros a se chocarem, sopros gigantescos, estalos enormes e suffocadora fumaça.

– Mamãe... mamãe! Chamou o menino com indizivel angustia.

E ella, inclinando-se toda sobre o malsinado, como que a defendel-o de mysterioso inimigo, a chorar, o acalentava, qual creancinha de berço.

Ia então desembocando em offuscadora claridade a locomotiva, triumphante e a apitar estridente e galhofeira.

– Como é boa a luz, como é boa! Exclamou Alberto erguendo nervosamente a cabeça e com ar de verdadeira exultação. Pensei que ia morrer. A morte deve ser assim; um tunnel, do qual a gente não sai mais nunca, comprido, comprido e tão escuro, Santo Deus!... E onde a boa mamãe para animar o filhinho... só, abandonado!...

Ao entardecer

Não sei por que, julguei dever intervir, como que desvendar consoladora clareira ás negras idéas d'aquelle menino tão combalido e ameaçado.

– Não, Alberto, repliquei com involuntaria gravidade e imposição, na morte há tambem muita luz, muita esperança, muito céo, o verdadeiro céo, sempre azul e grandioso... Na morte, mil alegrias e gozos esperam a alma, como a vida não as póde dar...O tunnel acaba logo... começa depois sem demora a realidade, eterna, cheia de encantos e esplendores... Ilimitada é a bondade do immenso Creador!

E estaquei, vexado do que acabara de expender na vivacidade espontanea daquella especie de preleção tão descabida.

Mostrára Alberto certa sorpreza ao ouvir essas palavras, e, encarando-me muito sério, respondeu com resignado desalento.

– Póde ser, póde bem ser... mas eu não quero ainda morrer!...

E retrahiu-se ao silencio. De vez em quando tiritava, encolhendo-se todo e a bater os queixos. Buscava, porém, cauteloso, dominar manifestações que impressionassem mais os paes, attentos ao menor symptoma de aggravação, tão attentos quanto impotentes e vencidos; pobres, pobres paes!

Passada a estação de Belém, já noite escura, observou a mãi, para dizer qualquer cousa, que o trem não parava mais senão no Rio, no campo da Acclamação.

Contrariou-a Alberto com inesperada alacridade e, nos olhos subitamente accesos, pareceu Ter singular prazer em assentar incontestavel verdade:

– Não, senhora; pára ainda em Cascadura.

E como suscitasse duvida o que affirmava, eu mesmo opinando contra elle, mostrou bastante resolução e jovialidade em sustentar a sua asseveração.

– Você não se lembra, José, que o trem de São Paulo costuma parar em Cascadura? Perguntou para o molecóte, levantando-se a meio.

– Iô, nhonhô? Respondeu o pagemsinho todo assarapantado, iô, não... ué!

E tal a figura atrapalhada do negrinho pela obrigação de interpôr juizo no debate, que não pudemos, todos nós, deixar de sorrir.

– Que tolinho! Exclamou Alberto.

E deu uma risadinha gostosa. Depois cahiu novamente em comatoso abatimento.

E, á luz vacillante, cheia de vaivens, quasi sinistra das fumosas lampadas, o iamos observando, cada qual entregue a penosas meditações que se concentravam, em doloroso accôrdo, n'um ponto único.

Identificado, como se fosse velho amigo, ou, mais ainda, parente chegado d'essa gente, que eu nem de longe conhecia, cujo nome ignorava e nem sequer procurava saber, soffria com elles n'uma contensão dura, cruciante, numa affinidade affectiva de maior intensidade e violencia.

Que viagem interminavel! Que hora aquella! Tudo tão sombrio em torno de nós! Cessara a chuva; mas as trevas humidas, gottejantes, se condensavam carrancudas, caliginosas, como que palpaveis. E a cada estação eram apitos e assobios de perfurarem os ouvidos, ou então clamores angustiosos e um bater de sino melancolico, lugubre, a dobrar finados.

– Ainda por cima este agouro, murmurou uma das creadas num como muchôcho.

Em Cascadura parou, com effeito, o expresso, e um trem de suburbios com elle cruzou n'um estrondear ensurdecedor de fragorosos gritos, uivos e sibillos, como que a annunciarem pavoroso e iremediavel desastre, choques horriveis, encontro medonho.

– Boy, boy, clamou a mãi simulando certo jubilo, você é que tinha razão! Olha...

– Nhonhô, nhonhô, avisou por seu turno o molecóte achegando-se e puxando de leve o doentinho por um braço, tá hi Cascadura.

Conservou-se Alberto inerte, indifferente, suspirou apenas com mais força.

– O tunnel... o tunnel... Depois vem luz e céo... Bem me disse o homem...

– Não será bom vêr o thermometro? Propoz a mãi com respiração cortada, offegante.

– Não, mamãe, pelo amor de Deus, poude ainda implorar o pequeno.

Já ahi entraramos na zona dos suburbios e os lampeões de gaz, cada vez mais chegados, indicavam a proximidade da capital. As estações todas illuminadas, cheias de borborinho e animação populares. Numa d'ellas tocava uma banda de musica saltitante peça e o contraste d'esses allegres compassos mais me apertou o coração.

Revoltava-se, comtudo, o meu egoísmo. Que necessidade essa de me associar a todo aquelle drama intimo, que me trazia tão consternado enquanto me abalava o systema nervoso? Por que não mudava de logar, não procurava outro qualquer vagão? Afinal, não era aquillo tão comesinho? Não assistira a tantos episodios de agonia e morte? Mais uma criança que desapparecia no barathro insondavel... para dar razão ás estatisticas. Que importancia no desenrolar geral da existencia? Gotta d'agua pura e crystalina a cahir no abysmo... Não era, mesmo por isto, um afortunado da sorte? Sahia da vida sem as miserias e desillusões que a vão assaltando... limpo de toda a poeira e lama...

Procurava distrahir o espirito; mas ahi se me prenderam as vistas insistentes, teimosas, hypnotisadas aos olhos então largamente abertos de Alberto, não mais desassocegados e em tresvario, mas num movimento lento de oscillação, como que destacados das orbitas a se mexerem um tanto ao acaso. De quando em quando parecia que se sumião, cahidos, sem mais apoio, dentro do craneo vasio, oco. E me diziam, assim mesmo, tanta cousa, me falavam de tantos mysterios, me interpellavam com tamanha anciedade!...

Interrogavam supplices, meigos, quem, em boa hora, lhe déra do mundo de além idéa outra, que não de simples terror e aniquilamento para sempre, n'aquelle instante tão proximo da suprema partida.

Ao entardecer

Sim, devéras, lá, fóra d'aqui, tambem sóes, tambem flores, esperanças, carinhos? Tambem o aconchego doce, protector de entes bons, superiores, compassivos? Palavra?! Podia confiar? Não o quizera enganar... A leval-o d'alli a pouco, longe, longe, pela immensidade na desconhecida viagem, o regaço de algum anjo, faria vezes da estremecida mãi? Para que, porém, deixal-a? Para que despedaçar o coração d'aquelles fulminados pais? Amavam-n'o tanto, tanto!

Quem incutira, porém, a esse homem desconhecido o poder de saber quanto se passava da outra banda da vida? Talvez fosse um d'esses anjos destinados a carregal-o, não era?... Ah! o disfarce mostrava-se bem claro! Por que, porém, não se deixava enternecer? Não via a pungente dôr dos que o cercavam? Pedisse a Deus misericordia... consentisse-lhe o viver... A ninguem, nunca fizera mal algum... Promettia tudo... não por elle, mas pelos paes... Passaria os annos a estudar, a dispensar o bem, o amor, a pagar a divida solemne de interminavel gratidão! Senta quieto, reflectido, honesto, caridoso, a sacrificar-se pelos outros, por todos...amigo dos humildes, dos mendigos e desgraçados!... Mas tivesse pressa... do contrario não o acharia mais na terra... Bem sentia a morte...sim, a morte...

Passou mais um trem de suburbios com assustador estampido:

Ouvisse, ouvisse!... Ahi vinha ella... Que medo!... E já estava como que sosinho... via-se na cova estreita com um mundo de terra por cima do seu corpinho tão batido pela molestia!

– Não, não! Havia de Ter coragem... dominava o seu terror, embora bem justo, bem natural!... Creança, saberia morrer como homem... Poderia estar chorando nos braços de pae e mãe, mas para que? Para tortural-os mais? Quem sabe se não haviam de morrer tambem alli! Viessem, viessem para cobrirem de flores o cantinho que eternamente o acolheria no cemiterio, alvo, consolador com tantos cruzes e anjinho de marmore a rezarem.

Debalde buscava eu fugir à obsessão. Duas vezes me levantei; mas irresistivelmente voltava a conversar com aquelles olhos, cada vez mais resignados, penetrantes e de dolorosa eloquencia, cheios de sorprezas, desconsolos e revoltas, com energia sopitados...

É preciso, é preciso; que fazer?

Bem quizera estar pensando, como menino, em cousas futeis e risonhas e da sua idade, mas tinha por força que cuidar no que há de mais serio e triste, na morte... morte!

E já as pupillas negras, virando de vez em quando, se escondiam sob as arcadas orbiculares, buscando vêr além, para dentro do pobre organismo combalido... E já se fixava, no bater lento das paloebras pesadas, plumbeas, impenetravel, o branco das escleroticas, como alvacento panno cahido de scena finda, acabada...

E os bicos de gaz illuminavam de fóra, intermitentemente, o vagão, como que em fantasmagorica visita, dando repentina luz a todos os recantos ou deixando-o de subito em completa escuridão...

Iamos chegando, e no rostosinho de Alberto se desdobrava o pallor dos ultimos instantes. Desbotava-se a rubidez das faces incendidas e afilava-se, a mais e mais, o nariz correcto, aquilino.

Já a luz electrica chegava até nós.

E o trem estacou com o baque de definitiva parada, salteado pelos carregadores em grita: "Malas, malas! Bagagens! N. 20, n. 53!"

– Leve ao hombro o seu filho, disse eu para o pae, elle está...

E a palavra "expirando" ficou-me atravessada na garganta.

Parado, immovel, os vi partir, a todos. O pae, na frente, com o sagrado fardo, a mãe, tropega, fóra de si, no braço das creadas em soluços, atraz o molecote com cobertores e chales...

E no vagão vazio, como que continuei a fitar aquelles olhos ardentes, indagadores, tão suaves no ingente desespero, na duvida do problema eterno...

Poor boy, alas!

Ciganinha

(A affonso celso, primoroso escriptor)

I

*C*hamavam-lhe Ciganinha, e a principio tambem Magriça.

Exasperava-a, porém, este apellido. Quando o ouvia "ó, magriça!" voltava-se rapida, furiosa, com os olhos a chammejar, e torcia a cara toda nuns esgares muito feios de bruxa velha, botando para fóra uma lingua de palmo, fina, comprida, serpentina. Soltava até grossas palavradas.

Com a outra alcunha não se importava. Erguia os hombros num gesto de expressivo pouco caso e concordava resmungando:

– Se sou mesma!

Por lei fatidica dos contrates, havia recebido na pia baptismal o nome, que nunca devêra confirmar, de Angelica – d'ahi Gêgéca ou Gégéca, como costumava dizer a mãe, abrindo os ee de modo especial e descançado, e accrescentando sempre com languido suspiro de pezar:

– Um diabrete, esta ménina.

Ao entardecer

Desde bem pequena, mostrara com effeito, indole muito independente, genio violento, amigo de fazer as suas quatro vontades, audaz, altivo e arrebatado, de par com muitos cahidos e engraçadas momices e caricias com quem lhe cahia no gôto, ou permanentemente ou em horas de caprichoso bom humor.

Positivamente endiabrada, só gostava de andar á volta com rapazes e molequinhos, garotos de sua idade mais ou menos, furando matagaes, correndo pelas varzeas, espojando-se na relva, deixando-se rolar pelo barranco de areia até quasi dentro do rio, largo, magestoso, esfrangalhada sempre, com as saias em molambos, o corpete a lhe cahir pelos hombrinhos magros, descarnados, as pernas á vista, núas, nervosas, esgalgadas, pés no chão, um tanto grandes e maltratados, mas não espalmados e chatos.

Até perto dos 14 anos, ninguem como ella, a Ciganinha, para trepar nas arvores e apanhar frutas ou excogitar e descobrir ninhos de passarinho na ramagem mais folhuda e entrançada e pôr-lhes o gadanho em cima.

Agil como um sagui, leve que nem miudo e gracioso caxinguelê, eram de ver-se o geito e a firmeza com que sabia agarrar-se ao tronco liso e escorregadio das jaboticabeiras do matto e descascadas goiabeiras, indo sem vacillar pelos galhos abertos até aos ramos mais finos, que sacudia com vigor, para fazer tombar alguma goiaba teimosa e longe da mão avida, impaciente.

E lá ia tambem pelas larangeiras acima, uma perna aqui, outra acolá, escarrapachadas, sem se lhe dar com os espinhos agudos, minazes, alcançando n'um apice as franças mais flexiveis e perigosas.

– Não quero que olhem para cima, bradava lá do alto, imperiosa, aos companheiros agrupados em baixo, á espera dos pomos que ia colhendo e arremessando.

Obedeciam-lhe de prompto, porquanto o rosto de algum mais curioso e petulante ficava logo sujeito a moralisador e temido castigo e bombardeio. Para prova, o filho do Manéca Fructuoso, que se vira em risco de perder o olho esquerdo, quasi vasado por uma laranja verde, atirada com pulso vigoroso e afeito a acertar no alvo.

Muitos dias ficára como exemplo aquella face inchada e rubra, á maneira de uma bóla vermelha; e a todos explicava o ludibriado dono:

– Artes do demonio da Ciganinha; mas há de pagar-me, tão certo como dous e dous são quatro.

Quédas a valer levára ella das continuas e atrevidas ascensões, mas com tão pouco não se occupava. Passado o atordoamento do baque em sólo duro, e compondo-se depressa, pulava de contente ao verificar que ainda d'essa vez não ficára com membro algum partido ou deslocado, tendo em nenhuma conta arranhaduras fundas e dolorosas contusões.

No meio de todos esses desmando e reparaveis extravagancias, singular recato, instinctivo e selvatico pudor. Assim, jamais aceitara tomar, de dia, banho no rio, em sucia e duvidosa promiscuidade com os camaradas de travessuras. Banhava-se diariamente, sim, mas sósinha, á hora em que a tarde ia se fechando noute, e sempre protegida por frondoso salgueiro, que ainda mais ensombrava a bacia natural, onde immergia o gracil e delgado corpinho.

Uma feita, já bem crescidinha, voltara á casa coberta de sangue vivo, uma grande brecha aberta na cabeça.

– Não é nada, mamãi, affirmava toda exultante, com feição de legitimo triumpho: uma batalha de pedras, bonita como tudo, com os filhos da Narcisa Mofina. Del-lhes que foi um regalo. O Juca anda sempre me chamando para as bibócas, a fazer-se de cebo commigo, pois bem, levou até ao céo da bocca. Eu... contra quatro, hein? Não arredei pé enquanto não os debandei. Só agora é que senti que me tinham tirado mel da cachola... Canalhas!

E ainda se esgrimia exaltada, a pôr em fuga os numerosos adversarios. Não cabia em si de ufana.

– Quatro, mamãi, quatro contra a filhinha de seu coração!

– Mas, menina, observava com tom plangente e arrastado a pobre da mãe, isto lá são modos de raparigas? Onde vai vance parar? Que désgostos me esperam mais n'esta vida de sópplicios? Não basta o que tenho soffrido?

E desatava a chorar.

Muito dada a lagrimas essa D. Cula, diminutivo de Clotilde, usual em todo o interior do Brasil; muito choramingadora, a boa da mulher, Tambem, havia sido tão desventuroso na sua existencia penosa, solitaria, predestinada aos abandonos!

Sempre feia, desenxabida, esgaivotada, pallida como cêra, n'um emaciamento desconsolado de penuria constante e aniquiladora, era filha de casal pauperrimo, que a deixára orphã bem cêdo, sem um cobre[1] no fundo de velha bruáca.

Vivera ao Deus dará, muito quietinha, retrahida e medrosa a curtir negra miseria de contorcer estomago e intestinos, e aguentando-se como podia com umas costurazinhas e bordados de crivo, que lhe pagavam uma ninharia.

Viéra, depois, um cigano de arribação, muito prestimoso e bulhento, atirado a conquistador, e, sem mais nem menos, se mettera com ella, procurando sobretudo explorar-lhe o trabalho e obrigando-a a fazer doce de fruta de lobo, vendido aos tropeiros como marmelada, e mais sequilhos e bolos de arroz e milho.

Quasi nada rendia o tal negocio, porque, além de tudo, o malandrino, guloso e glutão por natureza, comia o melhor do que pretendia expor á venda. Então, com grande dó e escandalo da vizinhança, começou a infeliz a ser, dia e noite, quasi sem intervallo, malhada pelo patife do amigo. Quanta bordoada! Que sovas de moerem os ossos!

De repente, após muita barganha aladroada, falcatruas vergonhosas e innumeras dividas contrahidas a torto e a direito, desappareceu o desbria-

---

1. Quarenta réis

Ao entardecer

do cigano - e para todo sempre. Foi-se embora, sem dizer adeus a ninguem, internando-se pelo sertão fundo. Corria depois que acabara ás mãos dos indios Affonsos, o que de certo bem merecera.

Signal da sua passagem, além do volumoso abdomen da Cula, só um cofresinho de bom peso e fechado com cadeado de segredo cabalistico, que a abandonada conservava com mysterioso cuidado e sério terror de feitiçarias.

Em todo o caso, ficara a coitada gravida e só tinha de seu a casinha de esburacadas paredes de adôbo e cobertura de sapê na barranca do rio, casinha em que de pancada lhe haviam morrido pae e mãe, e testemunha indifferente das colossaes e repetidas tundas. Ella ignorava até se lhe pertencia ou não.

Do terreirosinho de costume muito varrido e limpo, se via de fronte o Paranahyba, todo espraiado, solemne, raramente ludroso, quasi sempre puro e de aguas claras, a reflectir, como que em espelho animado e corredio, tudo quanto se passava lá em cima, no Céo de Nosso Senhor Jesus Christo e da Santissima Virgem Maria. No alto e embaixo, que combinações de cores, ao esplendido arrebol da manhã e da tarde nas multiplas mutações e phantasmagorias das nuvens leves e doudejantes ou pesadas e immoveis, illuminadas pelo descambar do sol!...

Ao brilho sereno do luar, então, que encantos, que quadros formosos, diversos, cambiantes, ora meigos e risonhos, ora melancolicos, quasi sombrios, de deixarem a gente cheia de scismas tristes e presagas!...

Da calmorreada e soffredora Cula se apiedaram, porém, os vizinhos; e cada qual a ajudou como poude – uma galinha idosa, meia duzia de ovos, ou uma cadeira furada, um catre de couro já inservivel, chicaras e pote esborcinados, miudezas e trastes de refugo, em extremo usados, quasi de todo imprestaveis.

Todos eram tão pobres!

A pouco e pouco, nascida a Gêgéca, foi se tornando D. Cula estimada, credora até de certa consideração, sempre muito séria e digna nos seus extremos apuros e necessidades, activa ao seu modo e fazendo quanto podia pela vida.

Entretinha relações de amisade com familias boas do logar, que lhe pagavam as visitas; e, quando o vigario do Curralinho vinha até o povoado, parava sempre lá para apreciar o seu cafésinho gostoso e quente, embora em chicara de folha de Flandres, que esfria depressa a bebida, queimando osbeiços de quem a toma, cafésinho acompanhado de umas brôas e brevidades muito bem feitas, pois ninguem as preparava melhor do que ella, após as severas e tão accentuadas lições do perfido e brutal amante.

E assim se iam os dias escoando.

Segredavam as más linguas, e á frente de todos mexericava com sorrisos ironico e ares de desprezo o José Bispo, dono da venda mais bem sortida e afreguesada, que, alta noute, não havendo luar, costumavam rondar a porta da sisuda D. Cula certos vultos suspeitos, talvez o vigario ou gente mais limpa e apatacada das tropas e boiadas, por alli de pouso, antes de transporem o grande rio.

Quem está, porém, livre de calumnias e denigrações?

Depois da sua primeira e sabida desgraça, tinha a mulher tanta compostura e tão resignada dignidade que só mesmo a bisbilhotice de aldeia podia esmerilhar duvidosas hypotheses, levando a mal as taes visitas, ainda que a deshoras. E a miseria e a fome...bem más conselheiras!

Demais, já dissemos, não era nada appetecivel, descorada e pamonha como tudo, nos modos e no fallar.

Com sotaque molle e cantado fazia justiça a si mesma, em invencivel desalento e abandono:

– Eu sou tão enjóada! Quem há de me quérer?

II

*D*evia, com effeito, a peste do cigano ter sido das arabias, ou sel-o ainda, caso houvesse escapado das unhas dos temidos indios Affonsos.

Fizera da natureza apathica, dorminhoca, congochosa da Cula surdir, para pasmo constante de todos, lepida, escorreita, andarilha, em continua mexonada, a Gêgéca, a Ciganinha, cousa totalmente diversa, opposta, antinomica, um azougue, uma agua viva, legitimo producto do tinhoso.

Não podia estar quieta e parada dous minutos, com uns modos azoinados, bruscos, espontaneos, selvagens.

Tinha, positivamente, bicho carpinteiro em certa parte do corpo, que a gente de lá designava com a maior sem cerimonia.

E bem falante, muito explicada, respondona como a maior das malcreadas, sempre com a palavra do Cambronne na boca, prompta para desferil-a, como se estivesse no quadrado da guarda imperial, em Waterloo, replicando á intimação dos inglezes.

Uma occasião em que a mãi, toda lacrimosa a reprehendia, accusada, como fôra, de ter furtado um pombinho nuélo á Maria Rabolona, lavadeira no porto, umas casas abaixo:

– Não fui eu, defendia-se, nunca minto... se o tivesse surrupiado, confessava... Já lhe disse... não fui eu.

E como D. Cula insistisse, amaldiçoando as escapadas e traquinices já bastante graves, atirou-lhe ás bochechas:

Ao entardecer

– Ora, mamãi, de que serviu também mêcé ter sido sempre boa, socegada, mettida comsigo, uma santinha? O malvado do cigano não lhe fez mal, não a surrou como boi corneta e não a deixou de vez com a pança cheia?

– Menina! Bradou D. Cula aterrada levando as mãos á cabeça, quem te ensinou tudo isso? Olha, diabinho, Deus te há de castigar! Santo Christo, que será de nós?

– Deixe-se d'isso, replicou philosophicamente a Ciganinha correndo já para a porta, Deus tem muito em que cuidar. Quando se lembrar de mim, já a raiva terá passado... A Maria Rebolona, que não se faça de engraçada commigo... Sujo-lhe, num dia de chuva, toda a roupa estendida no gramado... Hei de avisal-a uma vez por todas...

` Esse furto do pombo nuélo... Para que insistir-mos? ... Por acaso, D. Cula não teve sempre bons caldos, quando esteve tão doente? Quasi esticára a canella, coitadinha, sem cirurgião ou curandeiro, que a visse por caridade, nem remedio nenhum, nenhum para tomar!- E melhorsinha, não comera pratazios de arroz bem cozido, em que se poderiam vêr ossadas bastante suspeitas, até de gordas galinhas?

Chegou a beber seus calicesinhos de vino do Porto, comprado a 2$ o martello na venda do José Bispo, o que serviu, semanas e semanas, de thema a muita historia gaiata, longos commentarios e malevolas conjecturas.

Pois, senhores, tudo falso e inventado, quanto ao vinho, pelo menos. Querem saber a verdade? Por Deus Nosso Senhor Jesus Christo, que está nos vendo e nos ouvindo.

Disséra um tropeiro para D. Cula:

– Vancê, dona, do que precisa é tomar todos os dias uns dous bons dedos de vinho do Porto, da venda... Sem isto, não sára... não pode arribar tão cedo.

– Mãi de misericordia! Retrucava a agorentada martyr, que é da cobreira para comprar a tal mézinha?...

– Há de se arranjar, declarou Gêgéca, que se impressionara com o conselho.

E como costumava a miudo sopesar curiosa o cofresinho esquecido pelo trastalhão do cigano, n'esse dia o levou ás escondidas para fóra de casa e o arrombou no cerrado, sem a menor hesitação.

– Vamos ver, disséra para si, o que nos deixou o sem vergonha do meu pae.

Achou umas bugigangas, galhosinhos de arruda seccos, umas pedras redondinhas pretas e verdes, tres figas de madeira poida e dous collares compridos de ouro ou prata dourada, além de muitos papeis com signaes esdruxulos, triangulos, meias luas, crescentes e estrellas rabudas.

– Diabo o leve, o bruxo, ou o guarde por lá! Exclamou persignando-se, um tanto assustada. E, recolhendo só o que para ella tinha valor, jogou o mais dentro do rio, em logar bem fundo.

Tratou logo de reduzir a dinheiro um dos collares, guardando o outro para si ou para maior de espadas, e foi propôr a venda a um boiadeiro pachola, que se gabarolava de apatacado.

– Onde campeou vancê isto? Perguntou o homem olhando-a de esguelha, todo desconfoado. Passou a unha?

– Não é da sua conta, siô besta, foi a resposta. Quanto quer dar pelo lavrado? Propoz quantia visivelmente ridicula. Acordado, porém, o instincto do negocio no sangue cigano, conseguiu a menina o dobro do primeiro preço.

E assim póde a chlorotica mãi, a quem tudo logo contou, saborear os seus dedosinhos do apregoado e luxuoso vinho do Porto.

– Mas, filha dos meus pecados, observou assombrada, quem nos diz que no cofre não havia mandinga? As desgraças vão chover em cima de nós duas...

– Qual! Foi muito bom; acabou-se agora a caipóra... Mecê verá!...

– Santa Rita nos proteja!... Se aquelle homem por cá aparecer, dá cabo de nós, não há que duvidar... a poder de tanta bordoada.

Fez a Ciganinha significativo gesto de mófa e incredulidade:

– O diabo não é tão feio como se pinta... Elle que venha!... Há de ouvir boas... da minha boca!

E partiu em disparada, chilrando como um pintassilgo.

Atirava Gêgéca bodoque como poucos e lá ia com uma sacóla de bolas de barro pelas mattas, de onde voltava sempre com alguma caça, papagaios, tucanos, grallias e um ou outro mutum, que vendia por dous cruzados, ou até vinte e cinco cobres a algum dono de tropa.

Preferia mil vezes essas correrias com meninotes de sua idade, já então taludinha, a ficar estatelada á porta da casinha de sapê, resguardando das moscas e vigiando o taboleiro de sequilhos e brevidades, á espera dos possíveis freguezes. E, genuina herdeira do espirito guloso e petiscador do pai, não vendia um bolinho, que logo não roesse um bocadinho, dous ou tres na parte inferior, menos visivel.

Admitia sem pieguice muita graçola, até pesada, e ria-se com gosto, mostrando os dentes bonitos, alvos, iguaes – cousa rara no interior – quando á sua vista contavam historias e anedotas bem crespas; não lhe tocassem, porém, no corpo, lá isto não. Tinha a mão leve como tudo e dava bofetadas de estalar aos que lhe beliscassem os quadris e as pernas, ainda bem finas. Musculosa e ligeira, passava então taes rasteiras, que os gaiatos e pelintrotes iam ao chão com grandes batecús e lá ficavam chiando de dôr, no meio das estrepidosas vaias do rapazio.

Não falassem mal da mãe, não se atrevessem a agarral-a de certo modo, ou não lhe fizessem propostas equivocas, era incontinenti uma surriada de nomes feios e cabelludos, capaz de pôr tonto qualquer soldado tarimbeiro. E por cima, muitas caretas e ademanes violentos de desafio e ameaça, com energicos bamboleios de capoeiragem.

Ao entardecer

Sempre mal ajorcada, esfarrapada, as faces meio sujas, as unhas caireladas, cabellos desgrenhados, rebeldes, todos em caracóes e calamistrados, verdadeira gaforina, fincava n'elles uma flôr vermelha, algum mimo de Venus, e passeava serena o orgulho da sua raça, quando não dava cabriolas caprinas ou fazia mil maluquices, na expansão dos inesperados impetos.

Voz geral no povoado:

– Esta rapariguinha leva a bréca de repente; acaba muito mal. Pobre da D. Cula, que filha lhe pôz nos quartos o maldito do cigano! Cruzes! Devéras, caipora assim é tambem demais... Talvez, o cujo fosse o diabo em pessoa... Te arrengo, abernuncio! Só mesmo o demonio é que podia ter a coragem de esbordor todos os dias a desgraçada amiga...era a ração... Milagre, que a deixasse com braços e pernas... não lhe tivesse aberto a cova com tanta porretada!...

Pelo que se vê, as surras de outr'ora haviam entrado nas tradições populares. Tambem não poucas mulheres de má vida, as fadistas, nas brigas com os tropeiros e scenas de ciumes, avisavam provocadoras e afoutadas:

– Olhe, sió moço, não sou nenhuma D. Cula. Para cá vem de carrinho. Tire o seu cavallo da chuva, ouviu? Commigo nada de farófa... Depois queixe-se ao bispo!

Tudo isso, tão longe, tão longe d'aqui, na villa de Santa Rita de Cassia, a margem direita do bello rio Paranahyba, na minha pobre e formosa terra natal – Estado de Goyaz!...

Transportada a larga corrente n'uma balsa de duas compridas canôas encambu lhadas por pranchões atravessados e um soalho por cima, chega-se a uma praiasinha de areia fina - o porto de onde se empina elevado barranco. Alguns bonitos salgueiros por perto. E n'aquella balsa viajam, de um lado para outro do rio, homens e cavallos de sella ou bestas de carga, então desarreadas e só com as cangalhas de páos de forquilha assentes em chumaço grosso de macéga secca.

A boiada, muito chifruda, com os cornos compridos e bem abertos, ás vezes elegantes lyras nas graciosas curvas, boiada goyana, forte, grande, passa a nado; e os boiadeiros e camaradas a vão tangendo, na diagonal da travessia, com uma grita immensa, que rebôa pela matta.

Refuga a principio o gado, apertado pela gente a cavallo que montada em pello o toca e estimula, o pica e com elle se atira dentro d'agua, afinal se decide agoniado e lá vai em denso cordão com cabeça bem levantada, olhos aterrados e bocca offegante a deitar ruidosa respiração. A extremidade oposta do pesado ruminante não mergulha tambem, surde e como que seagita inquieta, presentindo perigos. É que, segundo voz geral, se aquella parte do corpo, em que a Ciganinha tinha bicho carpinteiro, se molha, está irremissivelmente perdido o pobre animal. Singular destino! Caso digno do estudo dos entendidos e sabios!

De vem em quando, lá se destaca um boi e busca voltar á margem segura e protectora, ou então roda de uma vez, embrulhado pela violenta corrente do Paranahyba.

Levanta-se então brado de interesseira angustia e gananciado desespero, não de piedade pela triste victima:

– Lá vai um; lá vão dous! – E os camaradas azafamados apressam, com gestos e clamores a mais e mais, a passagem, até que o guia tome pé na borda de lá.

Em cima logo do porto de Santa Rita de Cassia, uma esplanadasinha de grama verde e folhuda, largo fechado nos tres lados por linhas de pobres, casinhas terreas, algumas de telha, quasi todas de sapê.

No fundo, frente para o rio, a matriz, uma igrejasinha baixa, rebocada de annos e annos, com um sino rachado á esquerda, suspenso a uma especie de telheiro acaçapado, a cahir de podre.

E, ao redor da praça, assim pomposamente chrismada, estendendo-se para aqui e acolá caprichosamente, umas moradasinhas, quasi sempre de porta e duas janellas desguarnecidas de vidraças, moradasinhas bem caiadas e alvas, encravadas em copado laranjal. Entre si, communicam por tortuosas trilhas, que no tempo de florescencia ficam embalsamadas a pôr tonto um christão.

Nessas laranjeiras canta pela manhã e á tarde um mundo de maviosos sabiás, a que respondem os bandos de afinados e sibilantes caraúnas posados nas palmeiras indaiás, que alli ficaram da primitiva floresta virgem.

III

*C*heia de travessuras no jaez das esboçadas foi, até quasi fazer-se moça, a existencia toda da Angelica, além de uma ou outra façanha de mais vulto, por exemplo, ir vagabundear, dias seguidos, da banda de lá do rio.

– Nossa Senhora da Abbadia bradava D. Cula angustiada, sahindo da habitual pasmaceira, não é que a menina se passou para as Geraes?!

Do outro lado, com effeito, de Paranahyba, fica o triangulo mineiro, habitado por povos sérios, de certo, e pacificos, mas muito retrahidos e com cara de poucos amigos.

Afinal, reapparecia a Ciganinha.

– Onde andaste, menina dos meus peccados? Indagava a desconsolada mãi.

– Ora, respondia a damnadinha, estive correndo mundo, assumptando, vendo...

– Mas, rapariga dos seiscentos, com quem, minha Santa Maria?

Ao entardecer

– Com o José Bexiguento, o filho da portugueza. Quis, certo dia, fazer--se de engraçado commigo; mas dei-lhe logo tal safanão, que d'ahi por diante andou direitinho que nem um fuso.

Embora aos 16 annos, tinha ella, ainda que mais assentada de juizo, pessima reputação; gozava de pessima reputação, dizem até bons classicos.

E bonita como mil pecados em penca, buliçosa, suggestiva, a pôr faulhas de ardente cobiça nos olhos dos mais indifferentes e quietos.

Cabellos negros, bastos, então mais cuidados e lustrosos, mas sempre com a sua forsinha, de preferencia vermelha, cabellos ondeados, com uns crespinhos rebeldes na testa e na nuca roliça; rosto para o comprido, n'um oval regular e como fechado por encantadora covinha no queixo; tez não muito morena, tanto assim que bem largas sardas lembravam as grandes soalheiras de outrora, apanhadas em criança; sobrancelhas de japoneza; olhos enormes, negros, rutilantes, avelludados, com uns cillios que punham sombra ás atrigueiradas faces em que florescia suave rubidez; labios humidos, polposos, com o brilho de romã entre aberta, n'um arco deliciosamente desenhado, orelhinhas pequeninas, como conchinhas nacaradas.

E que elegancia nativa e senhoril no porte; que collo soberbo, cintura fina, estatura mais que meiã – emfim, um todo, um conjuncto de fazer peccar Santo Antão, na sua gruta da Thebaida.

Namoradeira como tudo, a Gêgéca; muito ufana da sua belleza, dos seus encantos, mas acceitando a côrte e as homenagens de qualquer pé rapado.

A rapaziada de Santa Rita de Cassia e dos arredores umas 20 leguas andava tonta, n'um rodopio.

Ao lusco-fusco, um corisco a diabinha, sempre á cata de aventuras banaes, que sabia, porém, conter nos justos limites, avisada, aliás, a cada instante pela voz arrastada, plangente da mãe, como agoureiro pregão:

– Ménina, vancé se perde... Tanto vai o pote ao rio... Proteja-nos... Santo Christo dos Milagres.

– Conheço o caminho, respondia a Ciganinha e não me hei de perder assim com duas razões...Estou traquejada na estrada e no atalho...

– "Lá vai a pestesinha", dizia-se ao lobrigar sobre tarde uma sombrinha airosa, esbelta, esgueirando-se, sem grandes mysterios, aliás, por baixo dos laranjaes. Ia até ás vezes cantalorando, com andar leve, mas seguro e firme. E ouviam-se as gargalhadas de escarneo, que dava lá debaixo das suas laranjeiras.

Com imprudencia sem par contava as bobagens que lhe haviam dito fulano e sicrano, o tropeiro Vargas, o arrieiro Thomé do Valle, o mascate José de Italia e mais este e mais aquelle, um povaréo grosso, emfim.

E imitava, com muita graça e valente debique, os protestos de amor eterno, as declarações ardentes e claras ou timidas e ridiculas, o gaguejado de quasi todos os pretendentes, os seus ademanes desengonádos. E concluia:

– Que pagode!

Todos lhe apontavam mil amantes; mas ninguem podia gabar-se de o haver sido. O filho do Manéca Fructuoso fôra já á cama doente de paixão. Debalde fizera valer o caso do olho quasi vasado pela laranja verde. A ciganinha, sem compaixão, motejava do seu triste estado, no passado e no presente.

– Um palerma, dizia desfazendo-se em crystalina e adoravel gargalhada, que a tornava ainda mais irresistivel. Já me falou em casamento, como se fosse um favorão, algum bicho de sete cabeças... Tão bom, como tão bom... Que é elle, afinal? Filho de um empalamado...

E continuava a dar escandalosa corda a quantos lhe arrastavam a aza, quer moço do povoado, quer adventicio e de passagem por Santa Rita.

– Essa rapariga é uma perdição, affirmava com pausa e todo convicto o José Bispo, da venda.

Perdição ou não, estava sempre a Gêgéca prompta para as entrevistas vespertinas, a que ia sem susto, sósinha, com a galhardia de se sahir sempre bem, incolume e a contento da altiva consciencia.

E uma vez ou outra pescava uns presentesinhos, cótes de vestidos de chita franceza e até de cassinha, lençosinhos bordados ou de seda, garrafinhas e frascos de oleo fino para o cabello, ou perfumes em moda entre as senhoras donas do Rio de Janeiro, da côrte, o que tudo aceitava, não por interesse, mas para obsequiar, muito instada e rogada – uma lembrançasinha sem vallor daquella tarde... E accentuava a lembrança da tal tarde com um aperto de mão mais forte, que nada significava, mas que a fazia dsprender-se e fugir ás carreiras pelo laranjal afóra,

Puzera-se tambem a trabalhar, e ligeira como era, ajudava com muito geito e bom resultado a pachorrenta da mãe. Ninguem resistia ao seu sorriso, quando offerecia, convidativa e meiga, um docesinho de seu taboleiro.

Um viajante, que por alli pousou com grande estado, da familia até dos Jardins, salvo engano, chegou a pagar uma cocadasinha, puxapuxa com uns brincos de pedrinhas verdadeiras, amarellas, muito vistosas; tudo desinteressadamente e por achal-a bonita devéras, como não vira igual nem em S.Paulo, nem na Capital Federal. Tambem essa fama de formosura enchia o sertão todo.

– Rapariga como a Ciganinha de Santa Rita de Cassia, apregoava-se, não há duas nestas trezentas leguas á roda!... Cousa de pôr tonto o homem mais valente!... E levada da carepa, um foguete, um buscapé... cruzes!

IV

*U*ma vez, com as suas facilidade, que tanto a desacreditavam, correr Gêgéca sério perigo, bem sério.

Como era natural, não tardou o José Bispo, da venda, a querer engraçar-se com ella e desejal-a com a impetuosidade do seu genio atabalhoado, despotico, irascivel, mettendo medo a todo o mundo e cheio de grandezas e valentias no meio d Aquella arraia miuda.

Por cima, inspector do quarteirão, embora não se tivesse naturalisado cidadão brasileiro.

De cada vez que a Ciganinha lá ia comprar alguma cousa, um cobre de vinagre, meio tostão de azeite, um salamim de arroz, contava-lhe historias, fazia-lhe mil promessas.

– Deixa-se de partes, Sr. Portuga, repellia-o Gêgéca; não se faça de tolo, estou com pressa...

– Mas, Ciganinha...

– Limpe os beiços, Sr. Pé de chumbo. Ande; que não vim cá para atural-o..

E assim era sempre.

Ora, como tudo isso ocorria á vista de todos, apinhada a venda de ociosos, tropeiros, creanças, fadistas, não raro havia troça á custa do tal José Bispo.

– Assim, rapariga, applaudiam. Dê-lhe para baixo até mais não poder.

E se derretiam em caquinadas de chufa.

O homem bufava; procurava com esforço conter-se, mostrar frieza e desdem, mas qual!

De cada vez que a Gêgéca reapparecida na immunda tasca, afigurava-se-lhe que aquillo tudo se mudava em palacio encantado, n'um esplendor de cegar.

E a fadasinha, cada vez mais formosa, galhofeira e petulante, a ludibrial-o sem dó nem receio algum.

V

*R*epellido sempre, poz-se José Bispo, descuidando até os negocios da venda, a armar esperas á ciganinha, umas especies de tocaia, em que perdia muito tempo e consumia a paciencia, reduzido a roer frenetico as unhas ou antes o sabugo, conforme cacoethe velho.

Presentiu Gêgéca o imminente risco e, embora um tanto descuidosa e zombadora, de continuo lhe furtava as voltas.

Uma tardesinha, porém, em que, scismando, fora do costume, com certa melancolia, se arredára mais do que convinha, foi de repente emplogada. Quando de accordo de si, o portuguez lhe mettera a mão em cima, e mão bem pesada, adunca e violenta garra.

– Apanhei-te, pombinha de cascavel, exclamou com triumpho; vamos agora ajustar nossas contas: basta de debiques e caçoadas.

Era o logar deserto, gritar de todo inutil. Só se ouviam, no silencio dos ares, ciciar perto os flexiveis sarandys, cujos finos caules encurvados pela correnteza do Paranahyba, a cada instante se reguem para logo se dobrarem, produzindo brandos zunidos de plangente harpa colia.

Sentiu na testa a nossa heroina camarinhas de algido suor; mas, fazendo valente esforço sobre si, buscou não dar mostra do menor receio.

– Me largue, Sr. José Bispo, observou com serena gravidade; não são modos de homem sério com uma moça como eu...

O tal apello á sua seriedade e ás maneiras pausadas da Gêgéca desapontaram um tanto o vendeiro; uns simples minutos, comtudo.

– Que histórias, replicou brutalmente. Vejam, só a santinha de páo ôco... olhem, que partista!... Você cahiu no alçapão, e não solto o passarinho que custei tanto a agarrar...

– Mas que é que o senhor quer de mim? Perguntou com calma e sobranceira, envolvendo-o n'um olhar de supremo desprezo.

– Que é que eu quero? ... Cousa muito simples... que seje minha... e há de sel-o, olaré!... á força, se não houver outro remedio... É de tantos... Para que se fazer de pimpona só commigo?

Intenso rubor subiu ás faces de Gêgéca; os olhos faiscaram de raiva.

– Me largue, siô gallego, exclamou impetuosa. E com ameaça:

– Depois não se arrependa...

Sorriu-se zombeteiro o José Bispo.

– Ora, quero ver isto... há de ser gaiato... Eu me arrepender? Nunca, nunca!

Ao entardecer

E riu-se devéras, quando a ciganinha, reforçada como era, lhe imprimiu forte empuxão para libertar o braço preso. Nem se mexeu do logar, enquanto ella reconhecia, com intimo terror, que os dedos do portuguez a atanazavam como guante de ferro.

– Não se faça de tola, Gêgéca, eu bem sei que você esteve agora mesmo com o Nhôr Grande da esquina... – Mentira, protestou a rapariga. – Pois se os vi passeando juntos até se sumirem debaixo das arvores...

– É verdade, passeei com elle...mais nada...Nhôr Grande não é tão ordinario que abuse de seu talento.

(Entre parenthesis.)

Sabem os possiveis e complascentes leitores, que cousa seja talento, em todo o sertão d'este nosso Brasil?

Força physica, nada mais.

Continuemos agora, caso valha a pena estarem aturando esta massada, mas disso não sou juiz. Como conheci, de passagem, a tal ciganinha levada da breca e lhe admirei, há uns pares de annos, a notavel belleza, tomei a peito contar as suas façanhas e capetagens.

– Pois eu cá, replicou a brichote do José Bispo, entendo que talento para muito serve... Olhe, quero ser bom; escute um pouco...

– Solte então o meu braço...

– Iche, lá isso não. Você disparava que nem veado matteiro. Assumpte... entregue-se por gosto a mim e de amanhã em diante a bóto de portas a dentro como minha caseira... D. Cula, sua mãi, virá morar commigo... Nada lhes há de faltar...

Arfava de indignação, odio e pavor o peito da pobresinha.

Vinha a tarde descendo depressa e, distante, á beira do rio, avisava uma anhuma póca, com intervallado cantar á maneira do bater de dous páos seccos, que a noite não tardava. A luz que ainda havia, tenue, esbatida, descia de umas nuvens grandes, de intenso vermelho, a purpurejarem todo o lado do poente.

Deu então Gêgéca novo arranco para traz com tal impeto, desta vez, que o seu aggressor teve que avançar dous passos. Quasi de todo lhe quebrou o animo esse esforço improficuo.

– Juro-lhe, bradou ella com a respiração offegante e immenso accento de verdade e angustia, que nenhum homem ainda me tocou no corpo. Tenha pena de mim, José Bispo. Se há virgem n'este mundo, sou eu... Não me desgrace... prefiro morrer...

– Qual, não se morre por isto, zombeteou o tendeiro.

– Tão certo como Deus estar no céo, affirmou Gêgéca arrebatada e ardendo em febre, saia eu d'aqui suja, desgraçada e me vou logo e logo pinchar ao rio. Ninguem mais me há de ver.

Minha pobre mãi que se agarre com a Virgem Santissima... não terá mais filha.

Viu José Bispo, no fundo, não de todo máo e perverso, que essa jura lhe subia direitinha do coração – havia de executar o que promettia.

Vacillou pois.

– Mas se eu a amo como um perdido? Se a quero noite e dia?

– Razão de mais para me tratar com respeito... Não sou nenhuma fadista para o capricho dos homens por qualquer meia pataca...

– Onde fica o mundo dos amigos e rufiões? Que querem dizer todas essas conversas, á noitinha?... Santa Rita está cheia das suas passadas tranquibernias...

– Brinco, gracejo, ouço as tolices que me dizem... deixo prégar á vontade, mas ninguem toca no pulpito...

E concordou quasi com humildade...

– O senhor tem razão... Não é nada bonito o que tenho feito. Prometto emendar-me. Ficarei-lhe querendo tanto, tanto bem!... A lição foi muito séria.

Com a volubilidade de seu genio, Gêgéca,. Ao dizer conceitos tão sensatos, já era outra, serenada a physionomia e, por isso mesmo, mais formosa e seductora. Parecia-lhe que aquelle homem, cujas intenções a aterraram, de subito se transformara em bom e leal censor.

Pouco durou a ilusão.

– Não me levo por cantigas... Você falla em morrer, quando agora é que a vida vai devéras principiar.

Recomeçava a dolorosa e indigna lucta.

– Não nasci para os teus beiços, gallego, porco, ladrão, tinhoso!

E as palavras sibilavam, ardentes, cuspidas com nausea, o corpo derreado para traz em disposição de resistencia a todo o transe, e até ao ultimo alento, lucta de morte.

Procurava José Bispo, vermelho, apoplectico de furor e volupia, enlaçal-a pela cintura com o braço livre. Ia a dar-lhe o fatal cambapé.

Foi quando a ciganinha, com inopinado movimento de mergulho, agachou-se rapida. Ao erguer-se, trazia na mão direita uma grande pedra providencialmente achada aos seus pés e, sem perder um segundo, com ella bateu por modo tão brusco e contundente nos peitos de José Bispo, que este a largou, soltando um grito de surpreza e dor.

Era quanto bastava.

Fuzilou a Gêgéca pelo cerrado afóra; mas á distancia parou e, pondo os dedos nos cantos da bocca, atirou aos ares calmos amornados uns assovios tão finos, agudos e penetrantes, que a mataria já adormecida pareceu sobressaltar-se. Respondeu-lhes, á margem do Paranahyba, a assustada grita dos bulhentos e mettidiços queroqueros, de subito alvoroçados.

Ao chegar á casa, toda fóra de si, arquejando de susto e de cansaço, abraçou a ciganinha a mãi com angustiada vehemencia e, deixando-se cahir de joelhos, prorompeu em longo e nervoso pranto.

Debalde tentou D. Cula saber o motivo. Afinal, suspeitando o que não era real, triste e resignada, chorou ao lado da filha até alta noite.

Meu Deus, meu Deus, que será de nós? Exclamava a cada instante.

VI

Da terrivel aventura não disse a ciganinha palavra a ninguem.

Tornou-se, porém, apprehensiva, muito mais prudente e não era assim com duas razões que ia espairecer e dar um bocadinho de tréla aos rapazes, lá debaixo das laranjeiras.

Preferia longos passeios sósinha, por caminho e atalhos só della conhecidos, mas, apenas começavam, lá pelas 5 da tarde, a desfilar nos ares os bandos de pombos torquazes, buscando sempre inquietos e como que irresolutos até no vôo, o pouso para a noite, tambem se encafuava acautelada em casa, na capuába da boa mamãe.

Ficára retrahida, inquieta, menos confiante nos seus meios physicos de repulsa e tentativas de desacato.

Só se mostrava mais attenta aos requebros e protestos de dous ou tres, era para tel-os á mão, como especie de guardas vigilantes, o que desapontava não pouco os namorados de mais fresca data, obrigados a gaguejar as suas declarações de paixão, quasi á vista de uns estafermos, sorumbaticos, estatelados de tanto amor e estorvadores de profissão.

Do filho do Manéca Fructuoso, o tal do olho meio varado por uma laranja verde, fizera Gêgéca gato sapato. A tudo se prestava o pobre do trangola, macilento apalermado, comtanto que lhe fosse permitido respirar perto de quem lhe comera a alma, na energica expressão sertaneja.

– O Malaquias da boiada chegada hontem, e o Fortunato da tropa do Chico ricasso, dizia-lhe a ciganinha, querem por força falar commigo, cousa de segredo. Quando o sol se metter na matta, venha mo buscar, ouviu, Nhonhô?

– Pois não, Gêgéca, vancê manda...

E o Mataquias da boiada e o Fortunato da tropa ficavam, cada qual no seu turno, todo embabocados e desageitosos, ao verem surgir ao lado da gentil apparição, anciosamente esperada, o typo escaniçado, muito comprido e ridiculo d'aquelle patito do sertão, o nosso Nhonhô Fructuoso.

– É excusado; com a Gêgéca ninguem póde, era voz corrente em todo o povoado de Santa Rita.

E tal ou qual prestigio mystico a rodeava, pois accrescentaram a meia voz:

– Tem partes com o anhanega e o sacisé réré; anda de pandega com currupiras e boitatás. Não poucos podem jural-o aos Santos Evangelhos.

Talvez por isso, mas muito mais pelos seus olhos a luzirem como brilhantes negros, entre orlas de cabelludas pestanas, pelo seu narizinho espirituoso, um nadinha arrebitado na ponta, pelas faces penujadinhas como pecego do cerrado, tão bonito no avelludado aspecto como feio no nome (chamam-n'o cagaiteira), pelo seu corpo esbelto, cheio, promettedor de mil thesouros, andava positivamente tonta, de miolo virado, toda a rapaziada d'aquelles centros.

Não havia quem não parasse diante da chóça de D. Cula e, puxando logo conversa, deixasse de comprar sem vontade mesmo, nem olhar o preço, todas as brevidades e ingenuas goloseimas do interior, ali expostas á venda. Florescia então por tal modo o negócio, que as duas mulheres já podiam vestir com certa casquilhice umas saias de babados grandes de bom crivo, e traziam sobre os hombros lenços finos de seda, barreados de azul, e aos pés uns chinelinhos de couro de veado, enfeitados de debrum vermelho.

Não havia cocada, mãe benta, manaoé ou pé de moleque que parasse. Além do que comiam, levavam os tropeitos lenços cheios – um nunca acabar – e voltavam logo a pedir mais, só por causa do dedosinho de gostosa prosa e contemplação.

E a ciganinha a vender tudo á porta da choupana materna, com muito bons modos, risonha, escorreita, prompta á replica e rebatendo, habil esgrimista, os cumprimentos demasiado ardentes á sua formosura – legitima e bem instinctiva loureira, na sua Santa Rita do Paranahyba, como a mais sabida e calculista americana do Norte n'esse incessante duello de faceirice e esquivanças dos brilhantes salões de Washington e Nova-York.

Nem tardou a suprema e estrondosa consagração, dada pelas trovas do João Valentim, o sabiá gogano, n'uma festa, quasi cururú, que chamara á localidade muito povo de umas 30 leguas em torno.

Esse Valentim , que pachola ao violão! Quantos cahidos de braços e revirados de olhos! Já meio velho, calvo, assim com uns restos de homem bonito, atirado a suductur de mulheres com as suas quadrinhas, que iam desfiando á medida da inspiração todo choroso e derretido!

Vadio como tudo, só queria trabalhar nas cordas da guitarra ou no machete, em que devéras pintava o sete, com umas unhas immensas, attestado da sua preguiça e que zelava como inestimável preciosidade, sempre limpas de cairel e todas lustrosas

E como sapateava ao fado, o pernostico bailante, apezar das juntas já bastante perras! Como puxava fieira, ao convidar, em elegante derrengado de corpo, o par ainda sentado! Não queria outra dama senão a Gêgéca, que n'essas occasiões pulava agil, airosa, provocadora, as faces rubras que nem pimenta malagueta, os olhos faiscantes com uma pontinha de lascivia, exuberante de seiva e mocidade, cousa mesmo de botar de pernas para o ar moços até da capital federal!

VII

 *N*essa especie de choradinho ou cururú que ficou celebre, expandiu-se a homenagem á formosura da Gêgéca nas seguintes quadras, cantadas com muita denguice e grandes derreados, pelo João Valentim. Repinicando o violão, nuns preludios todos cheios de blandicias, tomou largo hausto e plangentemente soltou a voz já um tanto estragada e rouquenha:

"No Brasil jámais se viu
Rapariga tão bonita
Como seja a Ciganinha
D'esta nossa Santa Rita."

Correu um sussurro de applauso e admiração, que o artista acompanhou em surdina.

Erguendo, porém, o canto, obrigou o silencio que se fez completo:

"Busquem outros prata e ouro
Nos mil sonhos d'ambição;
Que eu só quero, altivo a tudo,
Conquistar-lhe o coração."

Gêgéca, lá do seu canto, impando embora de vaidade, deu um ixe! significativo.

Concordou logo o cantor com as difficuldades da ardua campanha e gloriosa posse:

"Mas ahi é que são ellas,
Pois a mais lindas das flôres,
Escarninha, volta o rosto,
Não enxerga as minhas dores."

Appellando para o idylio, prosseguiu, puxando as cordas do instrumento com os dedos, muito abertos e recurvados:

"Se junto ao Paranahyba
Gemem tristes os salgueiros,

Perto d'ella em vão soluço
Preso aos olhos feiticeiros."

– Cruzes, observou a Ciganinha a uma mocinha chlorotica que lhe ficára ao lado, dizer que os homens levam a nós pobres mulheres com estas patacoadas e pacholices! Qual, este mundo não anda direito!

A tal reparo paraceu responder João Valentim, promettendo lugubre desfecho ao repellido amor, de que se tornara illustre victima, éco aliás de muitos pacientes:

"Ó Gêgéca, meus pecados,
És um castigo da sorte;
Mas a tanto sofrimento
Eu prefiro a dura morte!"

– Não morre não, Valentim, replicou a interpelada bem alto, o que provocou até palmas no auditorio, deixando bastante enfiado o guitarrista.

– Que moça cuéra ! exclamou um dos ouvintes. Verdadeira inspiração inflammou, porém, o cantor com aquelle ironico desafio e com arroubado rapto acudiu elle, erguendo o tom:

"Ordem é do Ser Supremo
"De joelhos, natureza!
Abatei-vos. Terras, céos,
Ante a força da belleza!²"

Não pôde porém sustentar estro tão alto e descahiu logo em legitimo vôo icario para o ridiculo:

"Mas de tal consumição
Olha bem, cruel Gêgéca,
Vou ficando magro e secco,
Que nem feia perereca!"

E assim por diante, a não acabar mais, tudo muito chupado, cheio de si! E uis! Com umas pieguices de mulherengo vadio... a sua caceteação, em summa, que deixava a D. Cula toda babosa enleiada com vontade de alli mesmo abrir um pranto enorme, mas que a filha acolhia incredula, indifferente, meio a bocejar.

Quando alguma quadra lhe cahia no goto, ria-se então, botando á mostra os dentes rutilantes de alvura, sempre arêados com uns talosinhos

---

2. Com ligeiras alterações, ouvi todas estas quadrinhas da bocca de um d'esses improvisadores populares.

molles de aroeira do campo, nacaradas perolas tornadas mais brancas ainda pelo contraste do vermelho appetecedor dos labios, frescos, carnudos, feitos para beijos de enlouquecer.

Da rubida bocca, porém, partiam flechasinhas pungentes, como do seio das rosas sahem zumbindo mordicantes abelhas.

Nem sequer soube poupar o sabiá goyano, o melodioso glorificador dos seus encantos, pois sem respeito algum á necessidade da rima, logo lhe paspegou ao cogote o appellido de João Pereréca, que adheriu e d'alli em diante punha bambvo e furioso o nosso seductor Valentim.

E entre a paixão real e a vaidade de poeta travou-se breve lucta, que terminou pela victoria do Parnaso, offendido em sua meticulosa dignidade.

Declarou-se inimigo de Gêgéca, mas teve que desapparecer de Santa Rita de Cassia, onde muito tempo depois cantavam outros bem convictos:

"Ordem é do Ser Supremo:
De joelhos, natureza!
Abatei-vos, terras, céos,
Ante a força da belleza!"

Ou mais frequentemente ainda, tanto o ridiculo sobrepuja o bom, até em Santa Rita do Paranahyba:

"Mas de tal consumição
Olha bem, cruel Gêgéca,
Vou ficando magro e secco,
Que nem feia pereréca!"

Razão talvez mais plausivel levára João Valentim a de pressa sahir d'aquelles locaes de inesperados desenganos. Foi pedir em casamento a terrivel Ciganinha e levou formidavel taboa tudo com grande pasmo de D. Cula, que quasi desmaiou de emoção, ouvindo a despachada resposta da filha ao avelhentado e petulante candidato:

– Olhe, Sr. João, disse-lhe a Gêgéca na bochecha, não se faz familia nem se sustentam mulher e filhos com cantorias de pereréca!

Era, já se vê, rapariguinha pratica, bem americana.

VIII

*D*esde ahi verdadeira epidemia na rapaziada do povoado e adjacencias. Não havia agora quem não quizesse casar com a Ciganinha.

A todos ia dizendo- não, não!

Para que nada faltasse ao seu triumpho, uma tarde appareceu de repente lá pela casinha de D. Cula o vendeiro José Bispo, todo desajeitado, inquieto, a suar como um burro, mettido n'um rodaque branco bem engommado, de meias aos pés, dentro de alentados tamancos. Não tinha gravata, mas ostentava collarinhos altos e tesos, com muita gomma.

Estavam as duas mulheres merendando. Comiam com os dedos molle pirãosinho de farinha de mandioca a acompanhar um sorubysinho pescado de fresco e cozido n'aqua e sal,

Ficaram ambas sobremaneira sorpresas, até receiosas, sem saberem o que fazer.

– Não é servido? Perguntou a velha descorando muito, ao passo que Gêgéca fazia-se escarlate.

– Obrigado, dona respondeu José Bispo com timidez, transpondo a custo o limiar da chóça.

– Mas porém abanque-se, convidou a dona da casa indicando uma cadeira velha.

O homem foi, depois de algum pigarro, entrando em materia. Há muito quizera vir lhes falar, mas uma cousa e outra, isto aquillo, aquillo outro, negocios, etc., etc., o haviam sempre atrapalhado.

Depois...! receios de ter offendido D. Gêgéca, mas lhe perdoasse, não Fôra por querer, estava muito arrependido das suas brutalidade...

Tudo muito gaguejado, enquanto D. Cula abriu uns olhos muito grandes de coruja assombrada.

Afinal desembuchou.

A menina já era moça feita, precisava tomar estado, Ter uma posição, e elle, no caso de principiar familia, vinha, nem mais nem menos, pedir a sua mão.

E contou lá suas fanfarronadas.

Possuia bastante de seu para assegurar o futuro de ambas, pois até pretendia mudar-se d'aquelle logarejo, que não lhe servia mais, retirando-se para a capital, onde daria maior extensão ao negocio, para Goáyaz – como dizia.

E parece, com effeito, que pronunciava mais certo do que os que dizem Goyaz, pois o Sr. Beaurepaire Rohan, muito entendido em materia de bu-

Ao entardecer

gres e cousas do tupi, assim tambem é que falla, - Goáyaz. Muitas e muitas vezes, eu, Heitor Malheiros, o tenho ouvido dizer d'esse modo, á fé meu gráu. Verdade é que o juramento está hoje abolido, e não sou formado em cousa alguma. Continuava, porém, José Bispo. Dava aquelle passo na certeza de ser attendido, embora muita gente certamente o devesse censurar. Não duvidava dos bons sentimentos da menina, cujos modos entretanto serviam de motivo a muito mexericos e falatorios. Era franco. Nutria, porém, a convicção de que tudo não passava de muita mocidade. Uma vez mulher d'elle José Bispo, saberia portar-se de modo a só merecer respeito e consideração dos povos todos de Santa Rita, e onde quer que fossem parar.

– Dé certo, dé certo, ia affirmando a lesma da D. Cula toda a babar-se de gosto com a perspectiva de semelhante enlace, uma fortuna do céo.

Conservava-se Gêgéca retrahida, calada, com uns restos de pirão a seccar na pontasinha dos dedos.

Uma vez superados os primeiros instantes de acanhamento, falou José Bispo a valer, fazendo sobretudo alarde da sua qualidade de homem sério, de boa posição e apatacado, insistindo muito nas vantagens que desse casamento advirão para ellas duas.

Deixou até entrever, que, do seu lado, havia não pouco sacrifficio.

A isso Gêgéca rompeu o silencio:

– Então quem o mandou vir cá? Perguntou desdenhosa e altiva.

Respondeu o vendeiro com sinceridade.

– A paixão, Gêgéca, a paixão! Tudo fiz para conter-me, mas não pude. Estive quasi a fugir como um perdido, alta noite. Formei mil planos... até de crimes. Achei que afinal era melhor dar o passo que dou. Se vancê me disser não, mesmo assim ficarei mais socegado.Estou disposto a tudo... comtanto que não me queira mal... não me despreze, não se volte, ao ver-me, com escarneo e nojo...

E aquelle homem brutal, violento, tinha os olhos supplicantes, cheios de lagrimas, vencido pela força da belleza, como dissera João Valentim nas suas trovas.

Estava D. Cula totalmente besta do que via e ouvia.

– Gêgéca aceita, disse afinal intromettendo-se ainda que a vacillar e com uns laivos de rubra emoção na eterna pallidez das faces; sem duvida ella aceita... Que póde mais quérer n'este mundo? É desafiar a sorte.

– Cale a boca, mamãe, exclamou impaciente Gêgéca que parecia concentrar-se em rapida e necessaria meditação.

Afinal, voltando-se para José Bispo, respondeu-lhe com serenidade:

– Pelo passo que o senhor deu hoje, perdôo-lhe do fundo do meu coração tudo quanto me fez. Acabou-se o odui, e odio bem justo, que eu lhe votava. Não posso, porém, attender ao seu pedido, que tanto me honra e me levanta aos meus proprios olhos.

35

Não é que a diabinha da rapariga falava bem? Ora, sejam justos, leitores da minha alma. De entre os 40.000 assignantes da Gazeta de Notícias não haverá meia duzia mais condescendente?

– Pelo meu genio, continuou ella, e com os seus arrebatamentos, não podiamos ser senão dous infelizes, uma vez amarrados pela lei do casamento. Falando-lhe assim, dou-lhe prova de que não sou tão desajuizada como a muitos pareço. Por outro lado, e lado muito grave, que faria o senhor da desgraçada Perpetua, com quem vive ha tantos annos? Que seria dos seus quatro filhinhos, já tão abandonados?

– Mas, ménina, buscou inquieta interromper D. Cula, para que... se metter assim na vidá... dos outros?...

Via, com effeito, José Bispo, quasi a estalar de roxo, todo apoplectico, tolhido de vergonha, embasbacado.

– E o que é a pobre Perpetua, perguntou com voz vibrante a Ciganinha á mãe, toda estarrecida, senão a D. Cula lá da praça?... Não lhe faltam pancadas e tundas, além do peso dos quatro pequenos... Só agora o abandono...

– Gêgéca, exclamaram com tom de anciosa rogativa os dous, basta... basta!

E emquanto a chorona mamãi prorompia nos mais angustiosos soluços, retirava-se José Bispo tonto, titubeante, empuxado por mil sentimentos, numa afflicção bem real de pungitiva dôr, em que sobrelevava intenso vexame de si mesmo, pela taboca que acabara de chupar.

IX

*P*or esse tempo chegou á Santa Rita do Paranahyba, vindo de S. Paulo, pela cidade de Uberaba, o D'Anselmo de Sá.

Entre nós, quanto tem progredido a tal Uberaba, no antigo sertão da Farinha Podre! De bem poucos annos, só havia a poeira vermelha que era um inferno , continuas trovoadas roncando grosso, uns casarões sombrios de cumieira muito alta e aspecto sinistro, o bom capuchinho frei Germano com as suas eternas observações meteorologicas, o velho tenente-coronel da guarda nacional Sampaio, advogado provisionado e membro do Instituto Historico, além do João Caetano, o homem mais pacato do mundo, mas que, de cada vez que abre a bocca e, muito de mansinho, começa á falar, provoca por toda a parte um barulho dos seiscentos, protestos, gritos, violentos apartes, retaliações e até tiros de garrucha!

Mas hoje, sim senhor! A tal Uberaba já faz figura de grande cidade... no interior. Possue bazares quasi de luxo e mais isto, aquillo, aquill'outro, cousa de encher o olho. Dáqui a um nadinha, terá linha de bonds, confeitarias e gaz de illuminação, se não for luz electrica, á imitação e moda de Juiz de Fóra que, só por isto, quer por força ser a primeira cidade de Minas Geraes e só fala das outras com desdem. Asseverou-me, pelo menos, bem proximos todos aquelles valiosos melhoramentos o Borges Sampaio, o tal membro do Instituto, quando por lá passei. Acho, comtudo, que o homem, aliás com excellentes intenções, tem patriotismo demasiado uberabense e inflammavel.

Voltemos, porém, á nossa historia.

Atravessa o Dr Anselmo de Sá já tarde o grande rio e com muita bagagem , pois viajava como um lord. Viu-se, pois, levado a pousar em Santa Rita de Cassia.

Era esse moço parente chegados dos Confucios e Socrates da familia dos Craveiros, ligados por laços de affinidade com os Moraes , Abreus, Fleurys, Rodrigues, Jardins e Bulhões, gente toda de alto cothurno no meu Goyaz, descendentes até do celebre conde, depois marquez de São João da Palma, antepenultimo capitão-general e governador da Capitania (apresentar armas!) e que lá fez maravilhas nos seus 5 annos de mando absoluto e violento.

Demais, todos na minha terra, quasi sem excepção, pretendem provir d'aquelle grande papão; e isto tem alguns inconvenientes.

Querem uma prova?

Em certo dia, um versejador de occasião, candidato a não sei que logarzinho, foi procurar, aqui, no Rio de Janeiro, um dos filhos do marquez – esse bem averiguado. Toca a esperal-o e nada do protector dignar-se apparecer.

Esgotada a paciencia a contemplar um retrato, tamanho natural, do venerabundo e temivel fidalgo, todo coberto de dourados e fitões, prégou-lhe afinal o tal pretendente embaixo da moldura com um alfinete uma quadrinha altamente crespa e pornographica, relativamente á honra materna e ao esquecimento em que essa mãe era tida. Que desaforo!

E safou-se, deixando o mote, sem esperar pela glosa. Que desaforo!

O tal marquez (cumpre-me, entretanto, dizel-o a bem da verdade historica) deixou em todas as capitanias onde esteve e governou um mundo de filhos naturaes... O excellentissimo Sr. Capitão-general era povoador por excellencia. Comprehendia – e tinha razão – que o Brasil, antes de tudo, precisava e ainda precisa de gente. Ia, pois, no desenvolvimento do seu programma administrativo, applicando com enthusiasmo o multiplicamini de Jehovah, nem melhores serviços podia prestar á corôa de Portugal, deixando ás forças da natureza fecundada o cumprimento do outro preceito, crescitce! E das mais obrigações, pagar impostos, ser soldado d'El-Rey, etc... etc.

Estou porém, sahindo de mais da nossa estrada.

Ah! se eu tivesse ensejo, desfiava muita cousa interessante sobre Goyaz, lembrando tambem os muitos homens notaveis que elle tem dado á patria, pois me peza, devéras, o menospreço com que por ahi costumam falar do meu cantinho natal.

Conhecessem, por ventura, o padre Manuel José Fogaça, que foi prior da igreja de Lourinhã, em Portugal, e bispo resignatario da Malaca? Pois bem, era filho de Goyaz. Conheceram Alvaro José Xavier, commendador de Christo e brigadeiro reformado, presidente da junta do governo provisorio? E Luiz Antonio da Silva e Souza, eleito para as côrtes de Lisboa, mas onde não esteve, professor publico de grammatica latina?

E o general Curado? Joaquim Xavier Curado? Quem se recorda mais d'elle? Grã- cruz do Cruzeiro, commandou em chefe exercitos e ganhou batalhas campaes. Veio á luz do dia em Jaraguá. Como é que um cidadão goyano nascido tão longe, no miudinho arraial do Conego, foi fazer o diabo e pintar a manta no Rio da Pratas, malhando sem tregoas nos castelhanos, dando-lhes bordoeira de crear bicho e trazendo-os de canto chorado, é o que custa crêr. Tenham, porém, paciencia; ahi está a historia, que não me deixa mentir.

E tantos outros!

Uns conegos, padres, outros professores seculares; emfim, renque de gente do mais subido valor e posição e que deixou numerosa e estimavel prole.

O certo é, que, em Goyaz, predomina muito o sentimento aristocratico e separação de castas." Não sou filho das hervas", diz lá todo cheio de si um d'aquelles mortaes e, firme n'isso, ninguem o faz arredar pé.

Ao entardecer

Pois o nosso D'Anselmo de Sá era d'esses que não tinham sido achados debaixo de um pé de couve e de tudo tirava não pouco orgulho, olhando aos mais bem do alto da sua importancia e com ares de sincero pouco caso por meio mundo.

De que lhe serviu, porém?

Foi botar os luzios na ciganinha, e záz! Ficou pelo beiço, logo, no dia da chegada, pela tardinha, tal qual um lambarysinho do Paranahyba, fisgado na bocca por apontado e despiedoso anzol.

Isso não no rio, mas na novena que se estava rezando no igrejinha, por signal que o sacristão, o Quincas Malhado, já de miolo molle, fazia vezes de padre e puxava as rezas e ladainhas n'um latinorio levado da bréca e que o Padre Eterno, apezar do seu polyglottismo, custaria bem a entender.

Lá estava a nossa Gêgéca a encher a carunchosa matrizionha com as irradiações e o esplendor da sua belleza.

Tambem foi o doutor pregar-lhe o olho em cima e ficou tonto, abestalhado, bestificado, historica palavra do Sr. Silveira Lobo – Aristides, o justo.

Nem me lembro bem como os franceses chamam esse repentino estado d'alma, a tal fulminação – meu professor de francez foi tão fraco! – Por isto não me arrisco; podia escrever alguma asneira.

– Mas quem é aquella moça? Perguntava o Anselmo assarapantado, sofrego, a quantos o rodeavam.

Aquelles olhos, aquelles olhos, santo Deus! Que relampagos desferiam! Por isto, quando pousaram bem em cheio no doutoréco, sentiou-se este desfallecer, todo derretido de gosto, julgando-se na obrigação de sorrir aparvalhadamente, mas a suar frio, quasi a tiritar!

X

Não dormiu a noite toda o nosso impressionavel Anselmo de Sá, a passear, agitado, pelo povoado immerso em carregadas sombras, nervoso, irrequieto, acordando ao latir de um ou outro cão e fumando cugarros; a esperar, pelo que?... Por enquanto, pela madrugada, que não chegava.

De nada valiam os esplendores do céo, de um azul ferrete, negro, avelludado, profundo, como certas as hyras do oriente, céo marchetado de tantas estrellas, que o Paranahyba d'ellas colhia fantasticas fulgurações, no immenso serpear da larga corrente.

Afinal, sentiu-se o moço prostrado, com as pernas tão bambas, que cahiu na cama feita sobre as canastras de viagem, e passou por uma modorrasinha, mais que somno. A's 7 horas da manhã já estava, porém, de pé. Lembrou-se então de ir banhar-se nas aguas puras do rio, a vêr se acalmava o incendio que sentia lavrar violento, inapagavel, dentro de si e o suffocava; a mente conturbada, o peito oppresso, com os musculos repuxados.

Qual! Gregorio de Mattos, sem procurarmos exemplos e approximações em litteraturas de outras terras, na tal Europa e sobretudo na França, que tanto nos avassalam, o nosso Gregorio de Mattos já disséra descrevendo identica e penosa disposição d'alma:

"Tomo banhos de neve por dentro,
Mas o fogo não quer abrandar!"

E eram banhos de neve, cousa que não existe no Brasil, tomados internamente, por cima! Como, porém, o poeta se os administrava, é o que não nos diz, nem ensina.

Fica, comtudo, a receita para o apaixonados em tão melindrosas circumstancias.

Nem de proposito, fôra Anselmo mergulhar o ardente corpo no banheiro habitual da ciganinha, á sombra do salgueiro que tantos primores costumava entrever de soslaio... Calculem só... De certo, a arvore foi discreta, mas quem sabe? é tão singular, inexplicavel, mysteriosa a força catalytica, a acção de presença? Que prodigios não operam no seio da natureza esses elementos mudos, impassiveis e inalteraveis?... Qualquer que seja a causa, o pobre do rapaz sahiu d'aquella immersão pior do que quando penetrára na agua tepida, ennervante, voluptuosa em suas amornadas caricias. Tinha chammas nas veias.

Vestiu-se ás pressas e com o cabello grudado ao casco da cabeça, portanto meio ridiculo para um pelintrote de S. Paulo, resolveu ir bater é porta

Ao entardecer

de D. Cula, orientado por um meninosinho, a quem generosamente deu 200 réis em nickel.

Sem demora lhe appareceu a visão celeste! Nem mais, nem menos, de repente, a Gêgéca, que lhe dardejou logo dous olhares de revirarem de catrambias para o ar, não um simples bacharelete, mettido em paletot sacco, de sarja verde fundo de garrafa, porém, sim, com todo a sua armadura de ferro, Roldão em pessoa, o sobrinho querido do imperador, Carlos Magno, ou algum dos Doze Pares de França.

– Que deseja, Sr. Doutor? Perguntava a rapariga sorrindo com encantadora ingenuidade, mas devéras surpresa e lisonjeada d'aquella visita matinal.

– Venho... venho, balbuciou o Anselmo quasi estarrecido de tanta belleza matutina, venho... encommendar á... senhora sua mãe... Não posso falar... com ella? Cousa... urgente...

– Está ainda dormindo, replicou a ciganinha muito despachada.

Mas, demonio, é filha d'aquelle diabo que tanto surrára a desgraçada D. Cula, basta de atarantar mais o Sr. Bacharel! Para que esse sorriso enigmatico, para que esse bater languido de folhudas pestanas? Deixa, pelo menos, o moço dizer o que quer, que encommenda ora essa, tanto mais que um raio ronico de sol ao nascedouro lhe brincava nas barbas ainda incipientes, na ponta do nariz e no seu pince-nez de myope!

Era comtudo, exacto, D. Cula, com os habitos de inveterada preguiça goyana, ou antes sertaneja, ou melhor brasileira (fiat justitia ne pereat mundus, diz o direito estudado, ou não estudado, pelo Dr. Anselmo de Sá) D. Cula apezar do calor, estava áquella hora encafuada na cama, o tal catre velho, de que fala o capitulo I d'esta historia verdadeira.

– Não... não a incommode, implorou Anselmo com verdadeira angustia, como se da repulsa de sua supplica pudessem provir grandes dannos. Quero... a senhora... per... perdôe... Quero para a viagem... um taboleiro de doces.

E ficou assombrado da repentina idéa que lhe illuminara o cerebro; dominado, porém, pelo terror de que o tal taboleiro de doces fosse cousa tão fóra de alcance como o vélo de ouro, ou algum pomo do jardim das Hesperidias.

Tranquillisou-se de prompto.

– Hontem mesmo á noite fizemos um bem grande, replicou Gegéca. O senhor volte logo para ajustal-o com mamãe.

Ia humildemente, todo soffrego, perguntar a que horas; mas não teve tempo, Pan! A ciganinha lhe batera a porta na cara.

Já se viu o capricho?

Atraz dessa porta trancada, ficou ella comtudo pensativa, de sobrancelhas um tanto cerrada. Vamos e venhamos, aquelle mancebo tão alvo, de bigodinho revirado, pince-nez de ouro, mãos e pés delicados, maneiras finas, trage elegante, lhe agradava devéras, não lá exaggeradamente, cousa extraordinaria; mas, emfim, esse não era, de certo, como os outros, oh não!

41

– Que há de novo, ménina? Perguntou de um canto a vóz arrastada de D. Cula, entre dous bocejos.

– Um moço bem parecido que veio pedir um taboleiro cheio de doces... para não sei que viagem.

– Louvado seja! Diga-lhe que são tres mira réis pagos á vista.

– Quase 3S! objectou a filha. Peça-lhe a mamãe 5S , quando elle voltar.

– E se não vortá?

– Oh! Se volta!...

Com effeito voltou e, ao preço exigido de 5S, impetrou licença para offerecer 10S; favor feito a elle. Tomara informações seguras; uma viuva, vivendo honestamente do penoso trabalho com a sua filha, já moça, ambas sem protecção de ninguem – nada mais digno e commovente.

E, se não deitou discurseira, foi por sentir a cabeça quenem um ninho de guaxupés assanhados, debaixo das baterias oculares da ciganinha.

– A moça sabe lêr? Atreveu-se elle a perguntar á Gêgéca n'um momento em que estiveram a sós.

– Mal e aml, respondeu ella sempre a sorrir (diabo de sorriso) arranho... quando a lettra é grande...

D'alli a pouco, tambem recebia um papel com garrancho bastante graúdos: "Preciso muito falar-lhe logo á tarde, debaixo das laranjeiras. – Dr. Anselmo."

N'aquelle esplendoroso doutor depositava o nosso homem muita confiança, toda a confiança.

Entretanto, oh desilluão! A Gêgéca, n'essa tarde deixou-se exactamente ficar bem socegadinha em casa; a ajudar a mãi n'uma tachada de doce de fructa de lobo, que esta no dia seguinte devia impingir como marmelada ao desnorteado viajante.

E não é que o bolas do cigano fizera escola e para alguma cousa servira?!

Tudo nesse mundo tem sua compensação.

Ao entardecer

XI

*D*este dia em diante começou a ciganinha a pôr em pratica os mais habeis manejos de faceira esquivança, deixando o Anselmo cada vez mais transtornado de paixão e exaltados desejos.

Em Santa Rita, já ninguem mais ignorava que o doutor, de pouso alli por alguns dias, estava positivamente a definhar de amor. A todos tomava para confidente, distribuindo dinheiro a rôdo e não se fartando de ouvir falar na Gêgéca, ora em bem, ora mais frequentemente em mal, o que o exasperava. As noticias do José Bispo então o torturavam de modo horroroso, indizivel.

Fazia tenção firme de logo e logo partir, de fugir alta noite, sumir-se, azular; marcava o dia certo, infallivel e, afinal, chegado o momento, decidia continuar a ficar por ali a banzar.

Tudo lhe servia de pretexto, necessidade de dar forte descanço aos animaes, receio de chuvas proximas, razões todas de cabo de esquadra, que os camaradas iam acceitando com a indifferença que essa gente pot tudo mostra, no fatalismo da existencia.

– É memo, é memo! Concordavam e lá iam folgar no rancho a tocar viola emquanto esperavam que o Sr. Doutor quizesse um bello dia, quando menos contassem, levantar o pouso.

– Mas Gêgéca, D. Gêgéca, perguntava a medo Anselmo, em certa occasião, á ciganinha pilhando-a de geito, porque é que você... a senhora... foge de mim?...

– Por que o doutor deseja o meu mal, a minha desgraça! Respondeu a moça resoluta.

– Eu, Gêgéca, eu? protestou elle com verdadeira e sincera indignação, eu que a amo tanto, que a quero como nunca suppuz poder querer a ninguem... eu, que não durmo, não como, não tenho mais um momento de socego a pensar na senhora... sempre em si?!

– E depois?...

– Depois o que?

– Sim, depois? Para mim a vergonha, as lagrimas, o abandono... tal e qual minha pobre mãe, e tantas coitadas por este mundo de Deus!

Arregalou Anselmo uns olhos muito grandes. Sériamente cahia das nuvens, via-se rolando aos trambolhões por enormes despenhadeiros.

– Eu te juro... fiel, fiel até morrer!...

– Sim, é o que vocês homens sempre dizem; a arapuca em que todas cahem... um milhosinho pisado em troco da prisão eterna... valha-me Santa Rita!...

E arremedando o arroubo do rapaz repetiu com engraçado e fingido ardor e apertando o peito nas mãos:

– Eu te juro...fiel, fiel até morrer! E riu-se ás gargalhadas.

Em outro tom, sem transição:

– Para nós, desgraçadas, as consequencias... o luto, esse eterno riso... o peso desse gracejo... os trabalhos, nós, sobreturo, do sertão, sem ninguem que nos ampare, nos mostre o caminho direito... nenhum castigo para os homens, que têm por si a força, o abuso...

Ó ciganinha damnada! Quem te ensinou tudo isso? Em que livro foste aprender toda essa desfiada de valentes argumentos, tu que só sabias kyrie-las de nomes feios e se lias era mal e mal, tão sómente lettra graúda? Muito, muito póde o bom instincto!

– Então fujo d'aqui, vou me embora, desappareço... Você nunca mais ouvirá fallar de mim... Hei de esquecel-a, logo e logo que der as costas a Santa Rita...

– Paciencia, replicou a Gêgéca, levantando os hombros, a estrada é larga, está ás suas ordens. Ninguem o agarra; olhe, eu não lhe estou dizendo de ficar...

E, com melancolia, mirando o moço bem em cheio, os olhos carregados de brandura:

– Quanto a esquecer-me, disse, é bem facil, bem natural.Que valho eu? Uma pobre rapariga da roça...filha de mulher sem marido. Mas eu lhe affianço, Sr. Doutor, hei de sempre lembrar-me do Sr. Viva eu cem annos...

E quedou-se uns instantes a encaral-o immovel.

Mal poude Anselmo reter um frouxo de choro.

Parecia que todas as desgraças lhe cahiam em cima.

De repente:

– Então você gosta um bocadinho de mim? Indagou com anciedade.

– Não sei, não posso dizer... nem sim, nem não... gratidão é amor?

– Mas, Gêgéca, qual será o seu destino, neste logar tão pobre, tão sem recursos?... Tanta formosura para quem? Para que?

– Meu destino? Que interesse deve merecer-lhe? Ora,,, o de tantas ou-tras... Casarei com algum tropeiro por ahi... Estou vendo, estudando, espe-rando alguem que seja de todo máu..._ Você, casada com um tropeiro, meu Deus, meu Deus!! Impossivel!

– E porque não? Nem sequer valho um arrieiro?

– Oh! Gêgéca, muito mais, muito! Não leve a mal as minhas palavras; estou fóra de mim, nem sei o que digo...

– Olhe, observou a Ciganinha, uma cousa eu juro por Deos que me está vendo, o homem que me tiver não há de se arrepender... Sinto que não nasci para mulher ordinaria... menos ainda para moça de parta aberta...

E com impeto:

– Não, isto não, antes a morte... mil vezes a morte!

Ao entardecer

Agarrando então violenta a mão de Anselmo e achegando-se a elle, perguntou irada, com os sobrolhos fechados, as feições contrahidas:

– O José Bispo da venda lhe contou alguma mentira? Fallou mal de mim? Responda, responda!

O moço repetiu o que era verdade.

– Não, elle se calla, todo embezerrado, quando outros cortam na pelle de você... E não são poucos Gêgéca... ah, não!

– Uma sucia de catimbáos e mofinos! exclamou ella com altivez. Podem inventar o que fizeram, desafio-os a todos; mas o mais pintado d'elles não teve isto de mim!... Ixe!

E fez estalar a unha de encontro a outra.

Passou então por perto uma velha que ia buscar agua ao rio com um pote á cabeça, e os dous pouco depois se separaram.

Anselmo levava, comtudo, a promessa formal do tão inspirado encontro a sós, n'um recanto ensombrado que ella lhe indicou, a custo, incerta, descontente, apprehensiva.

XII

*J*á se ia a placida e calida tarde fundindo em noute, quando no ponto aprazado, ocorreu o rendez-vouz que devia ser decisivo, entre Gêgéca e Anselmo de Sá.

Fôra este muitas horas antes, o sol ainda alto no horizonte, esperal-a ardendo em febre e impaciencia, e suppondo-se a cada momento simplesmente ludibriado pela suspirada Ciganinha.

Afinal appareceu ella, como que trazendo comsigo ondas da luz que já ia faltando na terra, em derredor. Parecia descer do céo.

– Enfim! Exclamou o moço, atirando-se arrebatadamente ao seu encontro.

Repelliu-o Gêgéca com brandura.

– Não toque no meu corpo, observou grave e resoluta, venho só para ouvil-o, já que se mostra tão ancioso de conversar commigo. E será esta a ultima vez, desde já o aviso.

– Sim, sim, concordou Anselmo; nada mais quero.

Começou então uma d'essas declarações de amor como tantas no fundo ouvira ella, d'esta feita, porém, n'uma linguagem nova, sonora, arrebatada, que dolorosamente lhe acariciava os ouvidos, a deixava enleada, com a cabeça um tanto vertiginosa.

Presa de sincera paixão, foi Anselmo por vezes eloquente n'aquelles surtos de elevada e platonica poesia, que é o perfido visgo das crueis e irremediaveis exigencias physicas.

– Gêgéca, dizia elle, vejo, presinto que você deve amar-me um bocadinho, mil vezes menos do que eu, mas sempre alguma cousa, e o amor não pensa, não calcula, o amor é todo misericordia, é um sacrificio, dá vida, não mata, não extermina!

E como fogo lhe prendia as mãos frias nas pontas.

– Por certo, balbuciava ella, você não é como os outros que me falaram e sempre me falam em paixão... mas, afinal, e apezar das minhas imprudencias, sou uma rapariga honesta... tenho sabido resguardar a minha honra... que será de mim?

– Não lhe dê isto cuidado... leval-a-ei commigo...

– Sim, replicou a Ciganinha ironica e mais senhora de si, como cousa vergonhosa, não é, ás escondidas? Não chamam por ahi malas essas pobres creaturas que seguem com os viajantes? Ia eu ser como ellas, simples mala! E minha pobre mãe, que não pode mais viver sem mim?

Ao entardecer

– Ah! verberou com real desespero Anselmo, num explosão de ingenuo egoismo tão commum em quem ama devéras, você não pensa senão em si. Eu não valho nada; nasci para soffrer, para ser achincalhado, pisado aos pés, para sofrer como um miseravel... Quem me tirou o somno, o comer, o beber, quem me causou mal tão fundo e incuravel, é que lhe deve dar remedio... É de justiça, é de equidade! Isto brada aos céos...

Dubio luar clareava então um pouco os espaços, luar, porém, tão, pallido, tão desmaiado!... Se jámais D. Cula pudesse fazer de lua, havia de passear assim, desmaiada, chloro-anemica, pelo firmamento afóra.

De todos os lados tambem, como que immenso desalento na gigantesca natureza, alquebradas e inertes as forças de resistencia numa modorra lethal.

Só a Gêgéca a luctar valente com os arroubos de Anselmo e comsigo mesma.

Quis o mancebo apressar o desfecho e de subito a tomou nos braços.

Ahi, porém, surgira o instincto da revolta no peito da Ciganinha e tal empurrão deu ella, que Anselmo cahiu redondamente no chão a certa distancia.

Ah! não era o forçudo e temido José Bispo, esse bacharel; certamente não!

Rompeu elle em nervoso pranto, deixando-se ficar deitado na relva, com o rosto occulto entre as mãos. E o corpo todo estremecia com a violencia dos soluços.

Invadiu então o coração da moça sentimento tão intenso de compaixão e remorso, que, sem saber bem o que fazia, foi sentar-se junto do misero apaixonado e fez-lhe pousar a cabeça sobre um dos joelhos.

E ficaram os dous immoveis, elle a chorar em silencio, ella a acariciar-lhe os cabellos com muita meiguice, ambos num enlevo de indizivel doçura.

Ah! Ciganinha, Ciganinha, que perigo!

Que te podia salvar em momento tão extremo, quando tu mesma, a escorregar por mysterioso e irresistivel declive, te entregavas ao entontecedor esmorecimento de toda a tua energia, da tua vontade, tão imperiosa, instantes antes, quão vencida agora e conculcada? Pois, senhores, não lhes conto nada; ouçam, porém, o que succedeu.

Já quatro ardente labios bem proximos se iam abotoar, naquella suggestiva solidão, no mais sequioso beijo, quando, com bastante estrepito, um animalsinho correu alli perto, algum guaxinim ou jaguatirica, e foi quanto bastou para que Gêgéca voltasse a si e de um pulo se puzesse de pé.

Quem sabe se não lhe valera a velazinha de cêra, que, dias antes, fôr a levar e accender, na igrejinha com toda a devoção, aos pés da sua protectora, a Senhora D. Rita de Cassia, santa de muitos milagres e bondades?

Em todo o caso, estava desfeito o terrivel feitiço. Aclararam-se as posições.

– Adeus, disse a Ciganinha. Siga o seu caminho, Anselmo, parta quanto antes, amanhã se fôr possivel . É de fundo d'alma que lhe desejo todas as felicidades! Esqueça até que existo n'este mundo.

Estava o moço positivamente apavorado.

– Não, não, dizia elle agarrando-lhe nas mãos e de joelhos, mil vezes, não! E, no auge do desespero, exclamava.

– Que fazer, santo Deus, que fazer? Você quer a minha morte, quer com certeza!...

Calava-se Gêgéca, como que a meditar.

Afinal:

– Levante-se, ordenou, e ouça-me com algum proposito e socego. Pergunta-me que fazer, não é? Pois lhe respondo: cousa muito simples, muito natural: case-se commigo.

Em qualquer outra circumstancia simples gargalhada teria acolhido semelhante alvitre; mas Anselmo estava tão atarantado e abatido que se contentou com abrir uns olhos muito espantados.

– Eu... eu? balbuciou, casar... com você?

– Por que não?

E vendo mil duvidas nos olhos desvairados do moço:

– Há de, acrescentou com altivez, achar-me digna de si... Não tenha susto...

– Mas... meus paes, você nem imagina, tão cheios de si... bons, de certo; pacificos, mas orgulhosos da sua familia, do seu nome...

– E eu, chaqueou ella ironica mas já ahi jovial, valho pouco? Minha mãe, sim, é uma pobre coitada, mas quem lhe diz que meu pae não era algum rei ou principe entre os ciganos?... Aquella gente é toda de grandes segredos... Sinto Ter jogado no Paranahyba uns papeis de familia...

– Gêgéca, implorou Anselmo, deixe de debicar-me... Responda, que dirão meus paes... vendo-me casar consigo...

– E levarei a mamãe, additou logo a Ciganinha... Não me separo della por nada d'este mundo...

– Então?

– Ora, então? Hei de enfeitiçar seu pae, sua mãe, toda a sua gente; fica por minha conta. Olhe, Anselmo, nunca lhe metterei vergonha... Você me ensinará muita cousa que não sei, e Santa Rita me ajudará.

– Casar, casar, repetia assombrado o outro. E os papeis?

– Não lhe dê cuidado. Mando um proprio chamar o meu padrinho vigario e tudo se arranja num momento. Bem, concluiu! Se você me procurar mais, há de ser para levar-me á igreja. Do contrario não lhe mais para mim. Adeus!

E, correndo para a casa, passou Gêgéca a noite em claro, sem um momento de socego, resolvida porém de pedra e cal, como se diz, a não dar o braço a torcer.

Ao entardecer

XIII

*M*il projectos fez Anselmo, do seu lado. Chegou até a arrancar-se d'aquelle pouso fatal, mas, dous dias depois, voltava á Santa Rita, aniquillado, desfeito, devorado de mortaes saudades, em estado positivamente lastimavel – um joguete da mais infrene paixão.

Pensou até em matar-se, atirar-se ao Paranahyba, acabar de vez com aquella situação infernal, em que não via sahida possivel, o menor postigo entreaberto, que lhe permitisse olhar mais desassombrado para o futuro.

Que lucta ingente!

Afinal, numa bella manhã em que a natureza seria inebriante, feliz, bondosa, a aconselhar a todos os seres alegria, expansão e gozo, tomou a suprema resolução e, batendo á porta da miseravel chóça das duas mulheres, pediu solemnemente á D. Cula a mão da sua filha, a Ciganinha!

Como foi acolhido!

A recompensa foi tambem deslumbramentos sem par, além de um beijo, no fim da visita, bem em cheio nos labios, capaz de deixar tonto de orgulho o tzar de todas as Russias.

Para que contar mais o que se seguiu? Como tentar descrever o pasmo de toda a povoação? E, no dia do casamento, o resplendor de Gêgéca, no seu vestidinho branco de cassa fina, todo enfeitado com muitas flôres naturaes de laranjeira? Sabem os leitores se tinha ou não direito de carregal-as.

E o dia da partida? Ella a cavallo, D. Cula em solemne banguê, toda lavada em lagrimas, e o Nhônhô Fructuoso como capataz da tropa?

Ainda hoje se fala de tudo isso em Santa Rita de Cassia.

Quando desfilava o prestito, não poude José Bispo, correspondendo enfarruscado ao cumprimento dos que seguiam viagem, deixar de exclamar:

– Lá se vão as alegrias de Santa Rita!

E, para espairecer a tristeza, deu, nesse dia, formidavel surra á pobre da Perpetua.

Entrou por uma porta e sahiu pela outra, e acabou-se a historia.

Ficáram contentes? Não?

Pois então péção ao Affonsinho, ao Celso, que lhes conte outra. Ninguem como elle para saber mil cousas do sertão; e as narra com muita singeleza e graça, n'um estylo meigo, attrahente, crystallino, assim á maneira de limpido regato a sussurar entre margens floridas, magicas, encantadoras.

49

CABEÇA E CORAÇÃO[3]

(esboço psychologico)

I

— *R*epare, Bettina, na pungente differença de idade que se interpõe entre nós e dolorosamente nos separa um do outro. Nada de illusões de ambos os lados. Eu poderia ser, não já seu pae, mas até seu avô. Veja como a mão do tempo me pesou sobre a pensadora cabeça, o contraste dos meus cabellos brancos com a sua cabelleira negra, exuberante de explendor e seiva, verdadeiro diadema da mocidade. Como querer unir as sofregas impaciencias das primeiros anhelos da primavera á meditada calma dos ultimos dias do outono? O presente não responde pelo futuro. Mil cousas imprevistas nos esperão nos muitos meandros da existencia. Por mais que a razão prepondere, por mais que busque guiar-nos e conduzir com segurança, cumpre contar sempre com as surpresas do destino. A vida é rio mysterioso em que não há piloto, por mais prudente e experimentado que seja, capaz de prever todos os perigos e fataes correntezas, para lá de breve curva que o olhar alcança... E quer Você que eu me constitua a causa da perda de muitas illusões suas, preciosas, repassadas de encanto e sonhos, quando o viver se abre ante os seus passos tão cheio de esperanças, promessas e alegrias? De orgulho se entumesce, de certo, o meu peito por conhecer hoje, tão de perto, a intensidade do affecto que a sua generosidade me dedica; mas urge que eu saiba resistir ao seu arrastamento... e ao meu, tambem. Eu desposal-a? Um velho, para assim dizer, chegado quasi aos sessenta annos! Prendel-a a mim, formosa, cobiçada por tantos, rica, seductora? Fôra loucura de ambos... E que diria o mundo?

— Que me importa o mundo? Replicou arrebatada a bella e nevrotica donzella após curto silencio. Não lhe incumbe, a elle, preparar-me a felicidade que a sorte complascente me indica e que devo alcançar por mim mesma. Muito tenho pensado, muito perscrutado nos recessos mais intimos da minha alma

---

3. Foi este conto resposta á carta de um amigo já fallecido que, aos 60 anos, pediu a minha opinião sobre um casamento desproporcionado, que afinal realisou. (Nota do Autor)

Ao entardecer

e no fim acho que, de todas as homenagens, reaes ou fingidas, prestadas pelos homens, só me fica a lembrança, viva, suave, profunda, da sua superioridade, Antenor, sobre todos. Conheci-o sempre tão differente dos mais; Sinto, que a minha vida, sem a sua presença, o seu contacto, o seu apoio terno e varonil, de infinda e vibrante meiguice, se me tornará tornará tão vazia, tão ôca, esteril e pesada, que só essa possibilidade me incute lethal tristeza, desalento enorme até ao fundo do coração. Que sentimento senão o da verdade me leva a falar--lhe assim? Bem sabe, comsigo não guardo segredos. Não poucos ambicionam a minha mão, desde aquelles que só tem por si a banalidade da juventude, até aos que buscam deslumbrar-me com as posições e honras conseguidas. Todos me tem falado de amor; só o Sr, conservou a originalidade do silencio, embóra há muito reconhecesse eu que, no intimo, não era, não podia ser-lhe indifferente...

— Oh! Sim, interrompeu elle com sincero arrôbo, quantas vezes me achei sem forças para reprimir impetos, que, nem aos 25 annos, jamais me conturbaram?! Por compaixão, não me colloque em posição dificil... ridicula, aos meus proprios olhos...

— Até que invertidos os papeis, continuou exaltada a moça, pude enfim arrancar-lhe o seu segredo. Já sei, afianço-lhe o que é ser-se feliz! O que experimentei naquella tarde decisiva, em que, após todos os seus acanhamentos e resistencias bem leaes e valentes, o ouvi discorrer com mascula e irresistivel eloquencia sobre o amor, applicando-o a nós dous, é indescriptivel... Não cerrei os olhos um só minuto; e a madrugada me encontrou á janella triumphante, mas alquebrada, ardendo em febre...

— Bettina, Bettina, implorava Antenor no tom de brando e dorido queixume, quanto me arrependo de não ter sabido vencer-me... Perdôa o sonho... mais calma!

— Que quer, meu bom amigo? Actua em mim tambem a influencia do nome que me deram. Será Você... serás... o meu Goethe!

— Mas aquelle era um genio, um ente privilegiado, a gloria de uma grande nação, o orgulho da intelligencia humana: tudo merecia, a admiração dos homens, as homenagens do mundo inteiro, o amor das mulheres, a adoração de todas as idades. Subira passo a passo como sol offuscado em firmamento sem nuvens, tocára ao zenith, cada vez mais rutilante, e ao accaso, a transmontar, illuminava com deslumbrante fulgôr o seculo em que vivêra. Protestava-se a natureza intellectual ante aquella força creadora, tão grande que parece impossivel excedel-a. Fez, com effeito, vibrar todas as fibras do coração; desvendou--lhe, como o divinal Shakspeare, muitos dos seu segredos; e abrangeu as mais arduas questões da sciencia; resolveu por méra intuição abstrusos problemas; revestio todas as formas — Proteo estupendo e sempre admiravel, ninguem o igualou na extensão e profundeza da inspiração e do saber!...

— Serás o meu Goethe, insistia Bettina bebendo as palavras do seu apaixonado e fitos nelle os quebrados e amorosos olhos; cada qual vive e se expande no circulo em que o destino o fez nascer. Tivesses tido o palco que elle, o genio, pisou, e a tua gloria houvera passado muito além dos limites que conseguiste. Quem põe, assim mesmo, em duvida a tribuna, o theatro, as lettras, a justiça dos concidadãos? Serás o meu astro vivificador, o meu sol... Felizes das que te viram e te deram o tributo do seu amor em teu zenith. Para mim fôra até demasiado forte o teu brilho de então. Contento-me com os raios desse occaso, já que tanto me falas nelle... Aliás, que sou eu senão simples prolongamento do teu espirito, da tua vida moral? Quem me educou a alma, me infundio o gosto e o gozo da leitura, ávida, insaciavel? Quem me guiou no labyrintho da literatura, me fez viver a vida dos antigos, me incutio o enthusiasmo das obras primas, o amor do bello, da arte, do honesto, do puro, do sublime? Que sou eu senão um filha da tua intelligencia, do teu gosto, das tuas inclinações ideaes e sentimentos? E com a felicidade ao alcance da mão hei de deixal-a escapar por preconceitos e convenções que aborreço e a que não se dóbra a minha altivez innata? Que fazer de mim, se antepuzeres os argumentos da fria razão a todos os impulsos da nossa alma? Valerá tão pouco, aos teus proprios olhos, a creatura intellectual que afirmaste e é obra exclusiva tua, que, em nome de um enlace bem equilibrado segundo leis physicas, meramente materiaes, a atires, sem consciencia nem remordimento, nos braços de qualquer peralvilho ridiculo, nullo, brutal ou effeminado?

– Já vivi demais, objectava Antenor com sensivel anciedade patenteando a lucta que se lhe travára no intimo, e o que sei da existencia me ensinou a desconfiar do que me resta viver... Acostumam-se os passos do homem tanto a subir, quanto a descer, e agora só me toca ir baixando, costas voltadas para o ponto culminante da parabola vital... Tenhamos ambos justa comprehensão das cousas... saibamos resistir a nós mesmos...

E com os olhos a brilharem de emoção, difficilmente refreada:

– Calcule os esforço que me custa este apello. Imagina abandonada estatua em florido jardim a repellir, se lhe fôra possivel, o pendão de rosas que busca engrinaldar-lhe a fria e marmorea fronte...imagina viajante exhausto da cansativa jornada a fugir da fonte fresca, pura, sussurrante, que lhe vai estancar a sêde e restaurar-lhe as perdidas forças... Terei, porém, energia; afastar-me-ei d'aqui, destes lugares que tanto estremeço, bem sabe a causa, deixal-a hei neste ambiente de perfumes e magicos encantos, do que a minha alma levará sofrega algumas parcellas para suavisação de immensas dores futuras... e depressa virá o esquecimento, o olvido certo e merecido, dar-me razão. Rapidamente a ausencia me envolverá em densas trevas... Experimentemos, Bettina...

– Fôra rematada loucura, indigna da sua reflexão, contrária a tudo quanto lhe ensina o conhecimento que tem do coração humano... Pelo menos, assim se me afigura... Por mim quero julgal-o. São susceptibilidades

Ao entardecer

de exaggerado melindre, de exaltado e meticuloso cavalheirismo, que mais o levantam aos meus olhos... Aliás, para que e como discutir sentimentos?

– Dolosa conselheira é a imaginação... Não se deixe enlevar por fugitivas illusões.

– De que vive o amor, qual o seu perenne alimento, senão a fantasia? Deixe-se de hesitações que afinal acabam por deslocar-me, longe de mais, do meu papel natural. A mim não competia vencer resistencias dessas, sobretudo com o meu genio altivo e independente... Quer Você argumento superior a tudo? É este o impeto que me impulsiona, o meu desejo supremo... e basta!

Prosseguindo com voz insinuante:

– Descanse em mim, Antenor. Aceito o simile de que há pouco usou: corôarei de rosas e lyrios os seus dias. Entregue-os, sem receio nem vacillação aos meus cuidados. Tomo compromisso solemne , no momento em que eu suspeitar de mim mesma, qualquer falha, o menor desfallecimento na adoração que lhe consagro, abrir-lhe-ei o peito na mais depuradora e completa confissão, achando novo alento nos seus conselhos, na sua direcção espiritual, no seu apoio tão cheio de experiencia e meditação. Falte eu a esse juramento, bem inutil e... deixarei de viver... Por elle respondam a minha salvação eterna e as sagradas cinzas da minha pobre mãe, tão cedo perdida!... Para que, porém, formularmos crueis hypotheses em plena alegria? Para que pensar em catastrophes e nos horrores de subversões moraes, quando tudo sorri em torno de nós?... Cogitar em medonhos terremotos, cercados dos esplendores da natureza boa, suggestiva, amante, toda ella hymno de paixão exultante e creadora, na plena segurança da estabilidade das cousas e da bondade divina, não será tentar os céos?

E Bettina, encostando a esculptural e imaginosa cabeça ao hombro do nobre e esbelto varão, o escolhido da sua alma, alli ficou extatica, sentindo as pulsações de um coração em que cégamente confiava e de cuja lealdade tinha, já de largos annos, todas as provas possiveis.

Invadia-lhe o ser todo intenso desvanecimento: inspirar amor profundo, irresistivel, a quem merecia da mais culta sociedade acatamento e incontrastavel prestigio por innumeros dotes da intelligencia e do caracter, e haver sabido resguardar-se para esse ente excepcional, deixando que a razão e o sentimento apontassem á sua escolha de entre os muitos que a requestavam e lhe faziam solicita, ardente e zeloza côrte, já pela innegavel belleza, já pelos avultados bens que mais realce davam á formosura ea raro cultivo de espirito!

Tempos depois, casavam-se Antenor e Bettina.

Duas ou trez semanas, foi assumpto de todas as conversas o disparatado enlace, cuja iniciativa, assim se dizia e cochichava, pertencêra mais directamente á desposada; mas afinal, acalmada a bisbilhotice, acabou a sociedade, por admirar, com sorpreza e inveja, a serenidade que protegia com as suas brancas azas o ditoso lar, naquella união intima do fulgor da juventude com a magestade, ainda que decadente, de uma existencia credora, certo era, do respeito de todos.

II

*D*ous annos de profunda calma, senão de real e bem accentuada felicidade. Sentia Bettina tanta paz de espirito, tamanho socego de corpo, como que mysterioso e inquebravel silencio dentro e em torno de si, que aquillo lhe parecia mais torpor e adormecimento de todo o seu ser, outr'ora tão irequieto e caprichoso, do que mesmo tranquillidade. Estabelecêra-se natural prolongamento da depressão que á mulher costuma trazer o casamento em sua iniciação physica, caracterisada, máo grado todas as meiguices e cautelas, por um cunho feroz de lubricidade e violencia. D'ahi, sosprezas immensas, dolorosos retrahimentos e cogitações deprimentes, que só podem ser attenuados e vencidos pela impetuosidade e pelos ardores do noivado.

Em lugar, pois, de experimentar do objectivo alcançado intensas alegrias tão esperadas e promettidas pela imaginação, via nelle, pelo contrario, motivos de desalento e desengano, com que de certo não contára. E por essas falhas do sentimento sincero e violento que a envolvêra toda á maneira inteiriça e inatacavel couraça, se lhe ia insinuando, lenta, mas insistentemente, inexplicavel tédio da vida, desgosto de si mesma e, mais que isto, a impressão de um castigo por falta, ou erro, e erro irreparavel, inconscientemente commettido. Buscava analysar o que lhe ia n'alma e afigurava-se-lhe que penetrava sem guia, nem fio, em um labyrintho inexploravel, cujas voltas de todo desconhecia e que a deixavam perdida em densas trévas, sem mais orientação possivel. "Que tenho?"perguntava com certo terror a si mesma nos rapidos momentos em que ficava a sós e livre da solicitude, aliás tão intelligente e estremecida do esposo, todo carinho e suavidade. "Porque não me sinto completamente feliz? Que me falta? Quero sel-o; quero, eis a minha vontade, e nada a ella resiste. "Punha, portanto, esforçado empenho nisso, mas o desanimo caminhava a par das mais valentes intenções; d'onde, alguma irritação já contra a serenidade que Antenor dispuzéra ao derredor delles dous com tanta discrição, quanto zelo. Parecia-lhe um desencontro. Teria talvez, quem sabe? achado mais adequada a inversa,

Ao entardecer

expandir-se em festas e no ruido do mundo. Aspirava elle a concentração cada vez mais intima, na identificação de todos os gostos e preferencias, ao passo que Bettina experimentava nesse circulo, que lhe parecia apertado demais, desillusões vagas, pouco definidas e no intino appellava para mais alguma agitação afóra, afim de dissipar o tão inesperado e inconcebivel mal-estar. E com isso iam despertando, inquietos, attentos, malevolos, os singulares e contradictorios impetos do nervosismo que desde menina tão imperiosamente a haviam dominado.

Deixando-a apathica, retrahira-se-lhe a imaginação como perfido ou descuidoso companheiro que, depois de leval-a arriscado passo, de repente se sumira, trefego, desleal, abandonando-a sósinha em perigoso lance. Buscava ver só razões de applauso no enlace que formára, muitas vezes enumerava, ainda com orgulho, as qualidades que, aos olhos de todos, tanta preeminencia davam a Antenor; e já lhe iam nascendo impasciencias por encontral-o tão perfeito, segundo o que lhe podia exigir a alma com esphera pura e elevada.

Toda essa evolução, porém, em extremo lenta, morosa e a se arrastar, como insidioso reptil, de um dia para outro, formando uma só cadêa de élos tenues, irrompivel.

Quis Bettina voltar-se para o passado e nelle estudar a historia da paixão que a avassalára com tanto imperio, fazendo-a victoriosa de não poucos tropeços, resistencia do tutor, conselhos e rogos dos irmãos, das amigas e até daquelle que afinal se tornára seu esposo, e ficou pasma de haver posto tão grande violencia a cousas que agora lhe pareciam, senão de todo mortas, quasi indifferentes.

Embora aborrecendo os livros naquella quadra fatal, ella que devorára quantos lhe haviam cahido debaixo da mão, releu pausamente as obras do marido e releu-as com os olhos da critica prevenida e disposta a severidades e não mais com os arrastamentos e sympathias do coração. Achou-as correctas, em puro estylo; mas, como de facto eram, frias, alambicadas, demasiado polidas, sem esse colorido, essa espontaneidade que attrahe, agarra e dá á idéa vida original, brilhante e por vezes immortal. Pareceram-lhe então as pesias de Antenor, na sua perfeição metrica e rythmica, reflexo pallido, esbatido, de versos de outrem, já lidos, não sabia quando, há muito tempo, cuidadosamente açacaladas, mas sem fibra, nem estro; assim essas figuras aéreas, subtis, insubsistentes, destituidas de fórmas e contornos claros, que espelhos combinados de longe e em certa inclinação chegam a reproduzir no espaço e fazer fluctuar como fantasticas visões. Na exuberancia de tropos, na diffusa abundancia de palavras, faltavam os musculos, nervos, circulação de fluido intenso, cálido, vivificante, áquellas evocações. Apparições como que de uma existencia anterior, já passada, já extincta, a suscitarem só saudades na indecisa e anciada aspiração á realidade.

55

As interminaveis palestras, repassadas de tamanho encanto em quetanto havia aprendido, a ouvir Antenor discorrer horas inteiras sobre um sem numero de assumptos com suave eloquencia e indiscutivel saber, agora lhe pesavam na sua feição de legitinas conferencias sem razão de ser nem cabimento. E, na indeterminação do que mais podia agradar-lhe naquella phase de inexprimivel displicencia, ora as cortava por modo repentino, quasi aspero, desagradavel.

Preso não pouco tempo o seu espirito á direcção e influencia exclusivas de Antenor, aspirava, quando menos convinha, a reconquistar a liberdade, a readquirir independencia e autonomia no modo de encarar as cousas e questões. Por isto tambem achava prazer especial e acre em contrariar, a principio timidamente, mas depois bem de frente, opiniões e sentimentos que, comtudo, no fundo e na essencia, reconhecia justos e indiscutiveis.

Nessas occasiões ainda a pungia o olhar sorpreso e magoado de Antenor, que buscava logo, prudente e cavalheiroso, impedir qualquer causa de azedume e dissidencia emtre ambos, por mais passageira quefosse.

Mas a cautelosa e meiga condescendencia do marido se, nos começos, lhe levava ao intimo certo travo de remorso, depois se lhe foi tornando motivo de mais irritação.

Quizera encontrar impugnações varonis que lhe desbaratassem os caprichosos e premeditados argumentos e dessem curso differente aos pensamentos. A increpação de injusta que lhe irrogava a propria consciencia foi-se curiosamente transmudando em proposito formal de Antenor para affirmar cada vez mais o assignalamento da sua superioridade.

E tudo isto, que se desenvolvia lenta e gradualmente nos recessos mais reconditos da alma, em vez de desvendal-o com leal e nobre franqueza ao esposo, conforme tanto promettera, incobria-o acautelada, possuida talvez do vexame de si mesma.

Por tal forma, porém, serena a superfície do formoso lago, que ninguem poderia sequer desconfiar das correntes encontradas que se moviam nas profundezas da massa liquida. No exterior, tão somente toques de sensivel melancolia, sombras, embora leves, como que de longinquas nuvens a perpassarem adelgaçadas sobre o disco do sol.

Nessas duvidas e agitações, conheceu Bettina que já era mãe.

III

Terriveis os meses de gravidez. Despertou vivaz, impetuosa, a imaginação de Bettina, sujeitando-a, em longas semanas de impossivel descanso, a agudo e assustador soffrimento.

Não pensava senão em desgraças e morte, quando não era na perda completa da belleza, na insanavel deformação do corpo e dos encantos physicos, hypothese ainda mais intoleravel ao conturbado espirito.

Desenvolvia Antenor, punha em pratica todos os recursos da solicitude e da paciencia, da razão e do sentimento, para combater e dissipar essas tetricas apprehensões, que revestiam mil fórmas caprichosas e de feroz nereustemia; mas, não raro, já no intimo se reconhecia cansado de tarefa tão ingente, em que não lograva senão mui parcialmente os justos fins.

Começava, aliás, a entrar-lhe a convicção de que naquelle enlace não se déra, nem mais podia dar-se a sonhada e indispensavel identificação das duas naturezas, moral e physica, e d'ahi razões de inquietação, embora cuidadosamente refreada e comprimida nas mais vagas cogitações.

Zelava as menores apparencias de um estremecimento, que, apezar de toda a sincera intensidade, no fundo o fadigava, desviando-o, com imperiosa e constante exigencia, dos estudos litterarios e das pesquizas philosophicas, que lhe eram tão caros e tanto lhe haviam antes amenisado e embellecido a existencia. Verificava, então, com sobressalto, que se enganára, elle tambem, havendo já de muito passado a idade, transposto os limites, em que a mulher é absolutamente tudo, o idolo, o culto exclusivo, a origem, o centro dos mais extraordinarios e absorventes sacrificios e dedicações. Amava, de certo, profundamente a esposa, de cuja posse experimentava tanta ufania, mas quizéra nella encontrar uma fonte de alevantadas inspirações intellectuaes, e não uma causa de perenne perturbação, a girarem ambos n'um circulo de apertadas idéas, sempre as mesmas e sempre a renascerem, quando pareciam desvanecidas e até suffocadas.

No meio de todos os sustos e terrores, um consolo tinha Bettina; a inabalavel certeza de que o filho (pois obrigatoriamente, no seu entender, havia de ser um menino) traria dos mundos desconhecidos genio e belleza irresistiveis, destinado, como devêra ser, a futuro raro, bem raro, nos annaes dos fados humanos. E com a exaggeração que em tudo punha, uma vez abertas as azas á imaginação, já o via no pinaculo da gloria, cercado de resplendente aureola, illustrando de modo offuscador o nome dos paes, guindado ás mais altas e cobiçadas posições sociaes. Que poeta havia de ser, que orador e estadista! Ninguem o sobrelevaria em talentos, majestade e formosura, além da innata distincção. Com a singular condescendencia de mãe, aprazia-lhe ao pensamento a idéa de que mulher alguma poderia resistir á seducção de ente tão superior.

Nasceu, com effeito, um menino; porém, só em parte realisava as douradas esperanças; se tinha notavel correcção e delicadeza na graciosa miudeza dos traços physionomicos, pela debilidade geral e melindrosa compleixão mostrava que não viéra á luz apercebido dos meios para as luctas da vida. Poude, graças a cuidados nunca vistos, resistir ou antes definhar uns treze mezes; mas afinal partio para o céo. Nem havia como prendel-o por mais tempo á terra.

Indescriptivel a dôr de Bettina. Esteve entre a vida e a morte e quasi acompanhou o filhinho. Vencida, por fim, a agudeza da crise, que não pouco durou, de todo o crudelissimo periodo lhe ficou singular impressão, o direito de irrogar; lá de si para si, formal accusação ao marido. A elle incumbia Ter incutido alento e força, valentia organica e vitalidade ao ente que haviam creado, a ella belleza e graça; e se um cumprira a sua missão, o outro ficára muito aquem. E ahi, reflectia com pungente insistencia na differença de idade, que lhe haviam todos, annos antes, apontado como irreparavel desacordo, emergindo dessa dolorosa meditação medo immenso de ver renovados os desenganos e as provações da maternidade.

Com a injustiça propria do caracter humano, achou que a resistencia de Antenor não fôra, por egoismo, bastante leal e vigorosa; talves mais um meio de fortalecer e accender pela contrariedade o capricho e a teimosia, as violencias da imaginação, o amor de cabeça, em summa, que o levára ao casamento. Fazia-se então de victima immolada ao interesse de outrem. Fuzilavam-lhe até na mente feias e deprimentes conjecturas que, indignada comsigo mesma, buscava a todo o transe abafar e reprimir. Quem sabe se aquelle homem... aquelle velho, não havia particularmente visado á sua fortuna, aos bens que lhe constituiam quantioso dote?

E, apezar de todo o empenho em desviar-se desse resvaladiço declive, via-o sempre aberto á meditação, a attrahir-lhe os passos, tão facil é a insufflação de malevolo pensamento, perigoso germen, prompto logo a crescer e deitar fundas raizes.

Por esse tempo, julgou Antenor dever recorrer á agitação da sociedade para dar derivação e lenitivo á acabrunhadora tristeza da mulher. Não foi, porém, sem custo quer conseguio arrancal-a ao marasmo e leval-a a bailes, theatros, concerto e festas.

Como radiosa e incomparavel revelação appareceu então Bettina aos olhos do mundo, realçada a peregrina belleza pela sympathica melancolia, que lhe ensombrava o demasiado fulgôr. Sorpreza e um tanto oirada do movimento que tamanho contraste fazia com o modo de viver passado, docemente a acariciaram logo as homenagens de que se vio gerarchia, já, e ainda mais, pela admiração dos homens.

Tambem, em pouco tempo, máo grado as reluctancias do marido que via ultrapassado o objectivo collimado, entregou-se ella de todo ás complicadas e interminaveis imposições da convivencia social, sem mais se importar com as censuras tacitas de Antenor bem accentuadas pelo cansaço physico, que a este não era mais dado occultar.

De volta de brilhante baile, prolongado até a madrugada, nesse mesmo dia havia que tomar-se parte em pomposo e longo banquete e, logo depois seguir para algum theatro ou concerto, em que se tornava obrigatorio o comparecimento de todo o high-life – uma roda viva, enfim!

Para longe, a tranquilidade do lar, as horas placidas, iguaes, mas tão suaves, consagradas ao socego a ás doces expansões da vida interna e de familia! Com avassalador despotismo e no meio do ruido e de mil leviandades, era agora o mundo que regulava a vertiginosa existencia daquelles dous entes, mal lhes dando tempo para respirarem.

A Bettina, de certo, não faltaram adoradores que sem rebuço, aspiravam á sua conquista, tributando-lhe incessante e entontecedora côrte. Consevou-se, porém, superior a todas as tentativas e a qualquer desfallecimento e, em certa occasião, chegou a entregar ao marido cartas de um dos seus mais ardentes apaixonados, escriptas com a sincera eloquencia de um sentimento vehemente, incoercivel.

Nem por isto, porém, cedeu menos ao arrastamento dos bailes e das soirées.

Numa dessas noutes, foi que, pela primeira vez vio e conheceu Fernando de Aguiar, há pouco chegado da Europa. Apresentado por uma amiga entre duas quadrilhas, com elle dansou umas voltas de cerimoniosa valsa e trocou algumas palavras indifferentes.

Sem saber pelo que, porém, sentiu-se toda perturbada, com repentino aperto, quasi dôr, de coração, angustiada, como que presa de grave e indefinivel mal e deu-se pressa em regressas á casa. Deitada, só poude conciliar agitados momentos de somno, quando os raios da aurora acariciaram doce e pallidamente as janellas do seu bello e senhoril palacete de residencia.

IV

*P*ara Bettina começou então uma existencia de continuo supplicio. Invadira-lhe o ser todo, de repente, de momento, como cidade tomada de assalto, por indomavel horda, a mais violenta paixão, um d'esses movimentos de irrefreavel impetuosidade, que não consentem a menor resistencia, um só minuto de reflexão, a mais simples contrariedade, a mais leve objecção intima. Era cousa fatal, infallivel, que se impunha como ordem sobrenatural, a que não havia senão curvar-se e obedecer.

Imagine-se vasta represa de agua, cujas falhas no muro de sustentação quasi lineares e invisiveis de subito de abrissem como brechas enormes, deixando que toda a massa liquida irrompesse louca, devastadora, em ondas, catadupas e medonhos torvelinhos.

Tanto buscára ella outr'ora estudar o arrastamento que a pouco e pouco, passo a passo, a levára aos braços de Antenor, tanto analysára em todas as faces a meiga influição d'aquelle doce affecto, declive caro aos seus instinctos, quanto, agora, impossivel lhe era ter mão no pensamento, guial-o, dirigil-o e calcular qualquer das consequencias desse novo e tão diverso sentimento.

Amava porque amava, não achava outra razão; vassalagem a uma lei de irresistivel imperio e lei como que meramente physica, pois se affirmava pela dôr acerba, teimosa, intoleravel, no organismo todo, - pontadas, sobretudo, finas, agudas, terebrantes no coração, a penetrar-lhe as fibras mais secretas, suffocações que quasi faziam desmair, a sós, no fundo do seu quarto, ardendo em febre e rolando convulsamente sobre o leito, que lhe não dava um instante de repouso.

Era todo o seu corpo presa de verdadeiro abrazamento, arredada da conturbada e estupefacta mente qualquer lembrança que não fosse elle, só elle! Não queria, ou antes, não podia examinar, por pouco que fosse, a origem de tamanha absorção, esse aniquilamento de toda a posse sobre si mesma, ficando-lhe vedado indagar se Fernando de Aguiar valia tanto, tanto assim e porque accendêra tão violentas chammas.

De certo, não tinha o ideal de tão ardentes sonhos nada que o salientasse particularmente do commum dos homens, nem sequer o physico, mais para o insignificante e o vulgar do que para a excepção. Ah! sim, possuia a mocidade, e d'ella emergia pujante, victorioso, como um hymno de saude e força, esses prestigio immenso que Bettina, annos atraz, capitulára de simples banalidade da juventude. De quanta possança, porém, esse pretendida banalidade! Que de regalias e privilegios na encantada primavera que floresce uma vez só e não

Ao entardecer

mais se renova e volta! O brilho vivo, scintillante, dos negros olhos de Fernando de Aguiar, bem rasgados e um tanto audazes, o assetinado da cutis, a arrogancia do sedoso bigode arqueado sobre os labios rubros e humidos, valiam antão mais, mil vezes, do que os mais bellos versos e as palavras mais doces e convincentes de Antenor, veladas pela melancolia dos annos já passados.

Ahi era o coração que decidia, entorpecidos a razão e o raciocinio, naquella dolorosa e acabrunhadora hypnose.

E cada vez mais se accentuavam os soffrimentos physicos de Bettina, cuja saude começou a resentir-se sériamente de tamanhos abalos. Emmagreceu, tornou-se mysteriosa, concentrada, numa constante e tristonha passividade, quer em casa, quer no turbilhão das festas. E se não fugia d'ellas, era unicamente para poder ver e encontrar o objecto do tresloucado amor, empenho tão claro e insisitente que a sociedade e o mesmo Antenor afinal não podérão deixar de nelle reparar.

Ruia por terra antes as vistas, desilludidas para todo sempre, o edificio da felicidade que julgára poder levantar, ainda que nos alicerces tivesse, com a observação das cousas humanas, entrado, desde principio, certa descrença e algum desalento. Buscou medir a extensão do mal, mas, á primeira tentativa, não ousou aprofundal-o. Recolheu-se então, como ultima salvaguarda e recurso extremo, á protecção de uma idéa fixa – a impossibilidade de vir a perigar a sua honra.

Tudo quanto se passava não iria além de um capricho da exaltada imaginação de Bettina. Oh! bem conhecia do quanto era capaz! Não tardaria, porém, muito e cahiria em si, abrigando-se á segurança do lar, prompto para acolhel-a no arripiar carreira em senda de leviandades, já um tanto compromettedoras.

Factos anteriores davam-lhe bem segura garantia.

Não fôra tão expontanea a entrega d'aquelle masso de cartas? E tratava-se então de um cavalheiro distincto, habil, de intelligencia reconhecida, com grandes recursos de espirito e de salão e não poucos habitos de seducção, ao passo que Fernando de Aguiar... qual! que absurdo! Um ente tão futil, tão nullo! Não, aquelle enthusiasmo não repousava em base alguma, tinha que desapparecer tão facilmente como havia surgido, por méro erro de apreciação: abusões dissipados sem esforço algum, á maneira de nevoas que ensombram formoza paizagem, sem poderem obscurecel-a.

Ah! quanto se enganava a experiencia d'aquelle homem!

Em certa manhã, desappareceu Bettina do seu rico e senhoril palacete de residencia. Havia, rompendo com todos os deveres e principios, tomado passagem n'um vapor transatlantico e fugido com o amante para a Europa.

A corajosa altivez com que se portou então o infeliz marido, a energia com que tratou de vencer e recalcar sua dôr e repellir de si o immerecido labéo, o prompto divorcio que conseguio, destacando o intemerato nome da culpada esposa, a quem, sem demora, mandou entregar, com a mais escrupulosa exactidão e minudencia, os bens que havia trazido comsigo, tudo isso, praticado sem a mais ligeira hesitação ou sombra de sceptica jactancia, impedio que o ridiculo de leve salpicasse a alevantada personalidade de Antenor. E para mais erguel-o no conceito publico, mezes depois, publicava um livro da mais ampla esphera moral, que girava, mais ou menos, em torno da melindrosa these que lhe fôra peculiar; e ahi o escalpello imparcial e cuidadoso do analysta tudo dissecára, fazendo justiça inteira a quem tinha ou não tinha por si a razão e o direito; obra de cunho verdadeiramente original e escripto por penna vigorosa, mas d'onde por vezes decorrêra muito pranto amargo.

Guardavam-lhe ainda o travo não poucas paginas.

Quanto á Bettina, mezes após o irreparavel acto de loucura, via-se a braços, com o mais cruciante arrependimento.

Extincto o fogo da paixão, como sempre acontece, tinha de supportar vencida e humilhada, as consequencias da posição equivoca a que se atirára, mas que o mundo jamais perdôa, ao lado de quem brutalisando-a logo, malbaratava a fortuna, que não lhe pertencia, no jogo e com as mulheres de occasião.

Dentro em breve, reconhecia que para Fernando de Aguiar tornará-se peso quasi inaturavel.

Quantos golpes, a todos os momentos do dia, no seu orgulho, annos antes tão susceptivel e tyranico!

Diante da miseria se abria longo, indefinido, interminavel, um futuro arido, medonho, sinistro em todo o seu mysterio, como illimitado deserto, sem uma sombra, uma fonte, uma arvore, o menor lenitivo ás agruras de martyrisante viagem, para no fim encontrar, como terminação de indiziveis agonias, a morte, só, desamparada, motivo de chacóta e de desprezo, repellida por todos!

Desgraçado destino! Dia e noite chorava sobre si mesma todas as lagrimas da sua alma, tão mal guiada, já pela cabeça, já pelo coração!...

Ao entardecer

Uma vingança

I

Num baile – já pouca gente; muitas cadeiras vasias.

Ella, sentada, um tanto abatida, identificada com o enfado e a fadiga de uma festa a acabar, a ouvir como por favor e com ar de sensivel amúo e impaciente condescendencia um homem no vigor dos annos a falar, ardente, arrebatado, numa grande agitação, sombrio, desconfiado, mas sobrio nos gestos a conter-se calculadamente – ambos longe, bem longe d'aquelle ambiente de alegrias e despreocupação, hostis um com o outro.

– Precisava, observava elle, explicar-me com toda a liberdade. Desde que cheguei do Rio da Prata, não achei uma única occasião. Verdade é que a senhora tem feito estudo especial para não me consentir o menor ensejo. Isto não póde continuar assim; prefiro então romper de uma boa vez. Declaremo-nos logo inimigos irreconcilliaveis.

– Pois fale; diga o que tem, o que de mim deseja.

– Aqui? Agora?

– Por que não? Onde quereria que fosse?

Esboçou Sofia Dias um movimento de displicencia e incredulidade.

Inclinando-se para ella, lembrou então Mario Campos, com vos soturna e emocionada, scenas do passado e passado bem proximo ainda – mezes quando muito – a sua posição de homem casado, e bem casado uns bons pares de annos, ante as seducções e inexplicaveis faceirices, quasi facilidades de moça formosa e solteira. Tanto fizera – oh! escusado era querer protestar; a sociedade toda havia sido testemunha e sabia ser justa – que afinal perdera elle a cabeça, e lhe consagrara paixão céga, invencivel, de inaudita violencia. Méra victima ou não do artificio e dólo, durante não pouco tempo se suppuzera devéras amado. Rico, feliz, esposo de uma mulher bondosa, bonita e terna, de repente se sentira, sob o influxo d'aquelle sentimento novo insuflado com raro talento suggestivo, o ente mais desgraçado do mundo, avassalado irremediavelmente por influencia que zombara de todo o seus planos e tentativas de resistencia. Que fazer então da vida, longa, tão longa n'aquelle horrivel desencontro! Como readquirir a felicidade perdida para todo sempre?

63

– Oh! interrompeu ella irritada e sardonica, há tantos modos de ser feliz... Podia ser, sobretudo para aquelles que não calculavam o enlace dos actos e palavras. E por falar em palavras... certa noute, por exemplo, n'uma volta de bond do Jardim Botanico, ao luar, dissera-lhe ella uma phrase, que lhe havia calado no espirito para nunca mais de lá sahir. Fixara-se-lhe dentro d'alma com letras de fogo, que a cada momento do dia e da noite lhe luziam ante os olhos deslumbrados. Não se lembrava?

– Não; respondeu Sofia com sinceridade e algum assombro. Que poderia eu ter dito tão terrivel e sinistro? Não me mette medo.

Quis sorrir; mas o sorriso pairou-lhe indeciso, frouxo, á flor dos labios, d'esses sorrisos chamados amarellos.

Tivesse ella ou não medido o effeito, houvesse ou não sido mais uma simples leviandade, a sua bocca a proferia, lembrasse-se bem do seu dito: "Ah! se você fosse livre!"

– Ora, protestou Sofia, empallidecendo seu tanto, uma hypothese...

E agora não estava elle livre, bem livre? Que significava, nessa nova situação o seu inopinado retrahimento? Por que se mostrava elle tão esquiva, tão indifferente dos tempos de out'rora, decorridos apenas seis mezes empregados n'essa indispensavel – e apoiava no vocabulo – viagem ao Rio da Prata? Quando suppunha encontral-a vibrante de amor e saudades como elle, quando julgava alcançar a felicidade almejada a que tinha feito jus – oh! sim, tudo, tudo empenhara para conseguil-a – ahi a achava radicalmente mudada, outra, de todo outra! Por que? De que servira então aquelle anno de ardente affecto, pelo menos assim acreditara, de tamanhas promessas e juras? Não teria elle sido senão mero joguete de passageiro capricho, pretexto para ensaiar simples armas de namoradeira?

Sofia Dias mostrava-se cada vez mais impaciente. Fez até gesto de quem ia levantar-se.

Por que se déra toda aquella comedia? A sua infeliz mulher alvo de tantos remoques, motivo de continuos reparos e criticas, exposta a incessante ridiculo, até se lhe tornar positivamente insupportavel. Não tinha gosto, não sabia vestir-se, escolher chapéos; innumeras settas farpadas, envenenadas, na sua mal ferida vaidade de marido. Meros gracejos? Brinquedos de um coração máo, ardiloso, cruel, insensivel? Oh! tomasse tento, aquella hora era decisiva. Passada ella, titaria vingança tremenda; era de raça dos que não perdoavam.

E, offegante, n'uma phrase curta, dura, contava episodios até da infancia, em que se affirmara a irresistivel disposição ao desforço, violento por qualquer offensa ou injuria recebida. Sua mãe lhe dissera um dia:"Menino, voce com este genio há de acabar mal!" Quem sabia se o horoscopo não se ia realizar. Uma cousa lhe jurava. Alguem havia de pagar. Não se adiantara tanto, para ficar, perante todos, como triste symbolo de irrisão e escarneo, menospreço e miseria.

Ao entardecer

E os seus olhos chammejavam, dolorosa crispação dos labios lhe erguia o canto da bocca. De longe, parecia estar sorrindo, todo entregue a animada, ainda que banal, conversa de baile. Sofia o ouvia com expressão de extremo cansaço. Afinal rompeu o silencio. Confessava que a elle assistia alguma razão. Andára mal, concordava; solteira e pretendida por não poucos, não devera nunca ter alimentado um sentimento reprovavel, que não tinha razão de ser. Sahira do seu papel natural e pagava as culpas da leviandade, sempre amarga. N'aquelle tempo não media as consequencias de uns olhares mais quebrados e imprudentes e os effeitos perigosos de qualquer namorosinho. Aquillo lhe serviria de lição. Fôra, aliás, bem sincera na hora em que pronunciara aquellas palavras, sem comtudo lhes dar maior significação. Alludira, com real pezar, a cousa irreparavel e contra a qual não havia luctar. E fôra essa convicção que, pouco a pouco, lhe abrira os olhos, desviando-a do caminho errado que seguira. Não diz o proverbio que o que não tem remedio, remediado está? Na ausencia d'elle, Mario, tanto lhe girara no pensamento essa verdade, que afinal pudera dominar-se. Quem, aliás, havia de imaginar, que tão cedo a pobre D. Beatriz sahiria d'este mundo, desligando com o seu desaparecimento laços que deviam ser eternos? N'isso o Barroso pleiteára a sua mão e elle não achara motivos para o repellir, bem parecido, intelligente, em bella posição politica, ministro talvez breve; que dizer contra esse candidato?

– E você o ama, Sofia? Perguntou a custo, arquejante, o malaventurado Mario.

– Amal-o, não, mas enfim gósto d'elle, não há duvida. Creio que sou refractaria a paixões violentas, arrebatadas. É outro o meu genero...

– Sim observou Mario, ludibriar áquelles a quem prende na rêde dos seus olhares fataes. Sofia deu um muchôchosinho:

– Bom, temos melodrama...

Amiudadas vezes passava o moço o lenço pelo rosto, limpando gottas de frigido suor.

Insistia, porém.

Por que deixar de realisar o que era tão natural, uma vez apartado o único obstaculo que se interpuzera entre os dous? Por ventura, valia elle menos do que esse intruso, o tal Barroso? Era, de certo, um pouco mais velho; mas tinha por si a precedencia. Ninguem estranharia aquelle casamento com quem tanta corda lhe déra n'uma época em que não deveriam Ter sido aceitas as suas assiduidades. Culpa tivera ella, induzindo em erro tanta gente.

Sofia ensaiou um gracejo e com tom de remoque:_ Para nós, solteiras, o senhor... você tem um grave defeito: é viuvo.

Pelos olhos de Mario relampejou um raio de odio e ferocidade tão visivel e intenso, que a moça estremeceu. Com os dentes apertados sybillou a resposta:

– Quem me fez viuvo, ouviu? Não tem o direito de me attirar isto em rosto, comprehende?

65

E o seu olhar torvo, dardejante, desvairado, buscava ir ao intimo de Sofia, explicando-lhe talvez mysterios terriveis, possibilidades de apavorar, completando a confissão confusamente bosquejada.

Por instinctiva defesa fechou-se a moça, fazendo poderoso esforço para conservar-se calma, serena, alheia e superior a qualquer connivencia, por longe que fosse.

Via-se subitamente envolvida em tenebrosas complicações, ameaçada de perigos de que nunca pudera cogitar, e cujo alcance não lhe era dado medir; tudo isso vago, indefinido na mente conturbada.

Ao mesmo tempo surgia-lhe medo immenso, incoercivel, d'aquelle homem, cruel alvoroço por toda ella, penosas explicações, arrependimento indisivel da sua leviandade e inconsideração, levada só e só pela ancia das homenagens, viessem de onde viessem, o gosto de dominar e ser requestada.

Continuava Mario Campos ameaçador.

Tudo caminhava para a tragedia; assim presentia. Quando quizesse ter mão em si, havia de ser tarde. Avisava...

– Então, interrompeu Sofia fingindo indifferença, temos agora intimidação? Quer levar-me pelo terror?

Elle, de subito, muito manso e cordato, sem transição, pedia perdão dos seus arrebatamentos. Promettia ser brando como um cordeiro. Queria só o que lhe parecia justiça. Implorava se preciso fosse, compaixão, misericordia. Tivesse Sofia pena da sua desgraça, de que fôra a causa. Contára tanto com o seu amor, a sua lealdade, e agora... Que é que o esperava n'este mundo, se se visse repellido, enxotado, quando architectara toda a existencia numa base única, indispensavel, aquelle casamento. Para o tornar possivel, não recuára diante de consideração alguma. Tudo, tudo antepuzéra a isso-tudo, tudo, estivesse certa.

E recomeçavam as reticencias, as allusões vagas, mal indicadas, que deixavam Sofia toda fria, - não poderia dizer como, com verdadeiros calefrios pelo dorso, d'esses que, no dizer do povo, annunciam o esvoaçar da morte por perto.

Então, prosseguia Mario, de nada valiam provas do que existira entre elles?

– Que provas? Protestou altiva e surpreza a moça.

– Ora, as murmurações e o reparo da sociedade, durante mais de anno.

Sofia levantou os hombros com desdem.

– E as suas cartas, ardentes, incendiarias. Ah! mostral-as-ei ao mundo inteiro, a todos, a esse Barroso do inferno...

– Fôra indigno da sua parte. O cavalheirismo...

Cavalheirismo? Replicava Mario Campos impetuoso, cheio de fél e ironia, quando tudo lhe tiravam, lhe arrancavam, lhe roubavam?! Depois do que lhe succedia, não era, não podia ser um homem como qualquer outro. Havia de tomar o seu desforço do modo que melhor lhe aprouvesse, como um villão, um miseravel, uma féra. Dependia d'ella. Dos seus labios estava suspensa a sua vida. Não lhe diria jamais tudo; mas a morte pairava sobre ambos...

Ao entardecer

– Sofia, Sofia! Implorava o misero.

A moça, porém, abanava implacavel a cabeça, pallida, os olhos sem fulgor, meio cerrados, imquietos, mas energica, de tensão firme, inabalavel.

– Não, não; não é mais possivel...

N'isto um cavalheiro veiu lembrar-lhe o compromisso de uma valsa.

– Tenho certo escrupulo, disse elle um tanto malicioso, de interrompel--os; conversavam tão animados...

– O Sr. Mario Campos, replicou Sofia com toda a naturalidade, estava me contando a sua viagem ao Rio da Prata... bem interessante.

E lá se foi ella envolvida nos languidos effluvios de cadenciada e vaporosa musica.

II

*Q*ue existencia a do desprezado Mario Campos!

Pareceu-lhe aquillo, a principio, um sonho, um pesadello, esse tremendo e inopinado capricho de loureira a perturbar-lhe todos os planos e calculos e a exasperar-lhe a paixão por modo inacreditavel.

Fez ainda algumas tentativas, procurou encontros, entrevistas; mas achou todas as portas fechadas, as vasas cortadas, esbarrando com uma resolução tão valente e decidida como a sua. Empenhava-se Sofia em mostrar-se de posse do maior sangue-frio; e a sociedade, curiosa e attenta, observava aquella especie de duello travado repentinamente entre dous entes, que, pouco antes, tanto lhe dera que fallar em sentido bem diverso.

Cahiu depois o moço em profundo abatimento. Tudo se lhe afigurou perdido, a mesma natureza em vesperas de definitiva destruição, apezar dos rutilantes esplendores dos mais formosos e festivos dias. Encerrado em casa semanas e semanas, n'essa casa cheia de conforto e luxo em que não soubera dar o devido apreço á suave affeição da perdida esposa, reconcentrava-se num desespero medonho, tétrico; a sós com os mais negros pensamentos. Não lograva um momento de socego, e, para conciliar uma ou duas horas de acabrunhado torpor, tinha que recorrer, após noutes de absoluta insomnia, a elevadas doses de morphina.

Ahi emergiu-lhe das mais fundas entranhas odio immenso, áquella mulher, e com elle sêde ardente incontentavel, de estripitosa vindicta. Ah! sim, queria, precisava por força vingar-se, mas de modo único, nunca visto, inexcedivel, nem sequer imaginado. E tornou-se-lhe prazer exclusivo

67

procurar que desforço seria esse, capaz, só em ideal-o, de lhe applacar um pouco tamanhas ancias, fogo tão devorador e indomavel.

Matal-a-ia sem vacillar; oh, sim! mas como fazel-a soffrer mil mortes, n'uma agonia intérmina, á maneira d'essas aves de rapina, cruentissimos açôres, que, por instincto infernal, dilaceram as victimas membro a membro, pedaço por pedaço, lenta e quasi scientificamente, poupando com cautela os orgãos essenciaes á vida, afim de se saciarem, dia a dia, de carne sempre sangrenta e palpitante?

Mataria, oh, sim! aquelle homem... Tudo isso, porém, não fôra tão banal? Que valia esse rival de occasião? Eliminado da scena, outro o substituiria sem demora. Por tão pouco não se abate nem recúa a perfidia da mulher. Para que, aliás, essa suppressão de vida? Em muitos casos não é um favor a morte? Não representa a cessação da dôr, do soffrimento, da vergonha? Por ella não suspirava elle, como supremo bem? Sim, tambem tinha que morrer. No perpassar de todas as odientas combinações, intoleravel se lhe afigurava continuar a existir. Reservava essa tortura para Sofia; mas como transmudar tamanha concessão em martyrio constante, em angustias sem nome, em indizivel supplicio, calcando para sempre nos pés o seu orgulho, conspurcando-a perante a sociedade toda, arrastando-a com eterno labéo, imprimindo-lhe na fronte signal de inapagavel ferrete? Como?

Comparava os tempos anteriores ao amaldiçoado amor com tudo quanto ocorrera, uma vez ateada a criminosa e já tão flagiciada paixão. E a lembrança da esposa, tão boa em sua disccreta feição, o enchia de pavor. Fugia de aprofundar comsigo mesmo o incerto mysterio... aquella jenella aberta por noite frigidissima, em Buenos-Ayres, ella a dormir fraca dos pulmões, presa então de perigosa bronchite... depois a pneumonia dupla... as vascas de terrivel agonia num estreito quarto de hotel... Que momentos agora tão claros á sua memoria...Parecia os estar vendo; bastava fechar os olhos. A pobresinha, resignada, quasi a sorrir, enquanto as lagrimas lhe rolavam silenciosas pelas faces, apertando a mão assassina, implorando protecção contra a morte que chegava... elle, com o pensamento fixo no Rio de Janeiro, ardendo de impaciencia, brutalisando-a, doudo por vêr tudo acabado, concluso, findo, espreitando, espiando o ultimo estertor, o derradeiro suspiro, a convulsão suprema, que ia desatar as cadeias do abominado captiveiro... Que indigna contraposição! De um lado tanta pureza e resignação; do outro tamanha maldade, tão satanica e baixa ferocidade. E para que o monstruoso attentado? D'elle agora emergiam obrigatoriamente outros crimes, novas infamias.

Sentia-se condemnado. Justiça inteira havia de ser feita e pela propria mão. Era ponto decidido, indiscutivel já no seu espirito. Ficaria, porém, impune a causa de tantos males? Impossivel! Para beneficio de todos, cumpria esmagar ente tão pernicioso, inutilisar de vez encantos tão perigosos e lethaes.

Ao entardecer

E parafusava, sem se lhe deparar nada qu apaziguasse um tanto as iras exasperadas, em fremente ebullição. Depois... serenou. Mostrou-se por toda a parte altivo, calmo e indifferente. Tornou a frequentar theatros e logares, fallando no proximo enlace de Sofia com desembaraço e naturalidade, appaludindo-o até. Declarou-se curado de mal entendidas e pueris velleidades. Chegou a cumprimentar a moça e, uma feita que se encontrou cara a cara com ella apertou-lhe a mão sem nenhum constrangimento ou perturbação.

A varios amigos falou em proxima partida para terras longinquas, e ás rodas habituaes levou um todo, senão risonho, pelo manos de tranquila e digna compostura.

Publicaram-se então os primeiros proclamas do casamento de Lucio Barroso com Sofia Dias, a qual se suppunha afinal livre de qualquer complicação, toda radiante de alegria e felicidade, cada vez mais formosa, faceira e seductora, nos labios sempre rósco sorriso sobre nacarados dentes, bocca humida e appetitosa de tentar um santo.

Numa bella manhã, sobresaltou-se a cidade em peso. Acabá-ra de suicidar-se com um tiro de revolver Mario Campos.

Sem declarar o motivo d'esse acto, recommendava que dessem immediata publicidade e prompta execução ao testamento por elle depositado, dias antes, no cartorio do tabellião Matheus.

N'esse documento, feito de acordo com as mais restrictas formalidades, distribuia varios donativos a institutos de caridade e legava alguns bens a parentes de sua mulher. Terminava, porém, pelas seguintes e terriveis palavras, que causaram escandalo enorme, ecoando por todos os cantos da capital:

"Eternamente grato a não poucas provas de affeição e condescendencia, deixo os remanescentes, que calculo em 200 contos de réis, á minha amante D. Sofia Dias, devendo esse legado transmitir-se em qualquer tempo á successão ligitma ou illegitima, verificada em regra a filiação. Caso não seja a quantia reclamada logo, entregar-se-hão annualmente os juros á Misericordia."

Dentro, duas cartas da imprudente moça, que se prestavam a muitas interpretações.

No meio da indignação geral, do profundo abalo de uns, revoltado pasmo de outros, da pungente ironia dos maldizentes e da compungida piedade dos bondosos, rompeu Lucio Barroso com estrondo o casamento; e a malaventurada Sofia, salteada de febre cerebral, por largas semanas esteve entre a vida e a morte.

Rumorejou-se as possibilidades de melindrosa justificação perante os tribunaes; mas, afinal, a familia toda, mãe e duas filhas menores, depois de mezes e mezes de sumiço, partiu para a Europa. Nunca mais se ouviu fallar, se não vagamente, em Sofia Dias; parece que por lá se casára.

Ainda não foi até hoje levantada a ominosa herança... Quem nos diz, que será sempre repellido o maldito e infamante legado?

Assim seja!

Rapto original

I

Namoravam-se a valer, de uns mezes atraz; a visinhança sabia de tudo, acompanhava curiosa, accesa, as peripecias do derriço e tomava bons regabofes. Ella, muito nevrotica, atirada a romantismos, exaltada, amiga de leituras violentas, fin de siécle, tocando piano de modo quasi notavel e gostando de despertar, alta noute, o bairro com a valentia dos accordes que deferia, nem bonita, nem feia, com esse viço da primeira mocidade que os italianos espirituosamente appelidam la beltá dell'ásino, vivendo uma atmosphera de perfumes entontencedores, exoticos, acre, a soffrer, quasi todos os dias, de enxaquecas, que a levavam a abusar da antypirina e lhe davam desejos ardentes de se morphinisar, para cahir em longos torpôres e fruir sonhos paradisiacos.

Filha única de antigo negociante, retirado rico do commercio, o commendador Jacintho Candelaria fazia as suas quatro mil vontades, creada, como fôra, sem mãe, e no meio de numerosas mucamas, que beliscava forte, nos dias de máo humor e mais nervosismo. Num só ponto, comtudo, e ponto capital, desenvolvia o pae todas as energias de portuguez teimoso e embezerrado. Significára á filha, desde em menina, e incessantemente lh'o repetia, que só elle é que havia de casal-a .Tivesse paciencia e sobretudo confiança, pois lhe daria para noivo, não nenhum velho ou qualquer figura estapafurdia, porém sim rapaz novo, sacudido, de boa presença, latagão de peso e medida, mas que offerecesse, depois de cuidadosas provas, garantias seguras para tornal-a feliz no correr da existencia.

Tambem soubéra o zelo paterno arredar já não poucos pintalegretes – uma sucia de bilontras! Berrava possesso o commendador, - alguns patricios até, que lhe rondavam a casa, ou melho, palacete das Laranjeiras, atthraidos pelos dótes da rapariga, entre os quaes sobresahia, mais que os seus olhos e apimentado donaire ou o talento do piano, o dote ante-nupcial, de que diziam maravilhas.

– De duzentos contos para cima, era voz geral, e logo de pancada, antes de se agadanhar, por morte do velho, cobre muito grosso.

Estava, pois, a moça, entre dores de cabeça, nocturnos ao piano, bocejos e manifestações hystericas, cada vez mais accentuadas, esperando o pretendente patent,

Ao entardecer

garantido pelo governo paternal, quando ferrou n'esse namoro muito cerrado e sério – pois os pequenos á janella não contavam – com o Arnaldo Gracias. Gracias ou Garcia? Não, senhores, Gracias, no plural – d'isso fazia questão – elle, proprietario único do nome. Zangava-se devéras, ou fingia zangar-se, ao lhe não transporem, principalmente, o tal r caracteristico, que a todos causava tamanha estranheza.

Bohemio aliás, até a medulla dos ossos.

Dotado de muito chiste natural, talentoso, com estupendo poder de assimilação, sabendo tudo, e no fundo ignorante chapado, verboso, e mais que isso eloquente, com uma phrase viva, faiscante, imaginosa, colorida, entresachada de tropos, verdadeiro fogo de artificio, em que, se havia muita fumaceira, fuzilavam, por vezes, alguns clarões.

Tinha a mania de inventar palavras, locuções; e algumas entravam logo em circulação. Fôra quem puzera em giro o estrambotico de quando em vez, tão em moda por algum tempo no Rio de Janeiro.

– Não me banalisem o nome, costumava gritar nos cafés, batendo com a bengalinha de junco no marmore das mesas, Gracias... Gracias; com mil milhões de diabos! Não sou qualquer Garcia da venda ou da botica. Descendo de guerreiros hespanhóes que costearam de rijo os mouros, os infieis. Attendam bem, tenho que zelar tradições, cousas até de religião.

E nas rodas de estudantes, que applaudiam e chasqueavam, lá vinham vibrantes narrações das batalhas com a mourama, em que se haviam illustrado os primitivos Gracias.

E tanto era o fogo que a tudo punha, como se assistira ás tremendas pelejas, pelo que, não raro, palmas rompiam, sinceras, espontaneas.

A todo o instante, contava historias do arco da velha, sua vida em Pariz, seus triumphos no Quartier latin. Fôra até amigo de Theophile Gautier, a eterna creança, o poeta genial, o estylista impeccavel, e, com effeito, parecia haver tomado ao mestre e companheiro de troças algumas scentelhas do maravilhoso poder descriptivo.

Carioca da gemma, e votando certa orgeriza á gente nortista – "são trefegos, invejosos, proclamava sem apellação possivel – tinha como obrigatorio o odio ao burguez em geral.

– Miseraveis! Exclamava com indignação repassada de desprezo; corriqueiraram-me o sublime Shakespeare! Babujaram-me de ignobil baba o immenso Dante! Canalhas! Entrego-lhes o Inferno e o Purgatorio, já que não há ,aos defesa possivel; mas, com mil bombardas e pelas cinzas dos meus avós, o Paraiso é meu. Hei de zelar-lhe a alvinitente pureza, custe o que custar, até a morte. Não consinto que n'elle toquem!...

E olhava para todos com ares de quem acabara de receber a sagrada herança por testamento do immenso Dante, com recommendações expressas acerca d'essa parte da Divina Comedia.

Lêra elle jámais esse Paraiso, por que quebrava tantas lanças, o Purgatorio ou simplesmente o Inferno? Nunca se soube.

Buscando abrigo, em refugios extremos do gosto e da originalidade, ainda não conspurcados pelo torpe vulgo, entranhara-se, como um perseguido pelas literaturas do Norte e citava com pasmosa profusão os nomes mais arrevesados, apregoando, dos primeiros nos circulos da rua do Ouvidor, Dostoiewsky, Pissensky, Arne Garborg, Ibsen, Bjoenstierne, Bjoernson, Ostrowsky, Hastzembusch, Ocienxdloeger e outros de igual calibre.

Alto, magro, muito claro, com o olhar meio empanado sobre palpebras empapuçadas, cabellos em continuo desalinho, barba espetada perpendicularmente ao queixo, distinguia-se, mais que tudo, por pés e mãos enormes. Calçava Clark 43 e luvas, letra... não; luvas era superfluidade de que nunca usara. Em compensação, movia essas mãos em gestos continuos, ora largos, calmos e generosos, ora freneticos, raivosos, ameaçadores, de quem ia derrear meio mundo, com pancada de moer ossos.

Vivia ao Deus dará, sempre em vesperas de estrondosa collocação, já n'alguma das secretarias de Estado, onde distribuiria o santo e a senha, introduzindo reformas estupendas de mais apurado cunho literario na feitura das peças officiaes, já a frente de uma publicação periodica que havia impreterivelmente de desbancar a

Revista dos Dous Mundos – nada menos.

– Vocês verão, annunciava exaltado, convicto, como ponho de pernas para o ar o tal Buloz e toda a sua igrejinha carrança, pedantesca e jesuitica. Será o protesto do mundo pensante contra aquella ridicula camarinha, que pretende avassalar o intelecto universal;. Preparem-se para estourar de tanta gargalhada!

Por em quanto, porém, nem emprego de secretaria, nem revista. Passava os dias a pedir emprestadas a amigos e conhecidos umas miseraveis quantias, que considerava favor ir embolsando; hospede dias, semanas ou mezes seguidos, aqui, acolá; excellente rapaz no fundo, divertido, serviçal e meigo, em meio de todas as bravatas e objurgações.

Sempre prompto para a pandega. Lá isso, contassem com elle; era dos fieis, dos inabalaveis. Com a bréca, até em patuscadas há deveres a cumprir. Demais, a vida foi feita para desobrigar-se com honra e pontualidade dos compromissos tomados; curta e boa – a sua divisa.

E desfiava umas 8 a 10 horas inteirinhas do dia na rua do Ouvidor que, percorria do largo de S. Francisco á ria Primeiro de Março quinze ou vinte vezes, ora ás carreiras como homem atarefadissimo e que não podia perder um minuto. Ora parando em cada botequim e n'elle chuchurreando café, licores, cognac, leite, sorvetes, sem absynthosinho não raro, e quantos liquidos, innocentes ou não, todos de bom grado lhe offereciam.Pagava tudo com o seu verbo inflammado, multiforme, incansavel, já contando anecdotas picarescas, engraçadissimas, já vociferando, sempre em opposição violenta

Ao entardecer

contra os homens do poder; hoje nihilista, communista, anarchista, amanhã autocratico, déspota feroz na desapiedada repressão e no illimitado rigorismo, tudo com inabalável convicção e grandes luzes de argumentos.

Á noite, theatros, onde achava sempre meios de encaixar-se, sem jámais se entender com o bilheteiro. E, nos entreactos, eram interminaveis catilinarias á proposito da decadencia da arte dramatica e dos costumes publicos, adubada a prelecção com olhares de indignação manospreço ás petulantes francezas e raparigas que poralli se exibiam espivitadas, provocadoras. Occasiões, porém, havia em que com ellas confabulava graciosamente.

– Boas creaturas em summa, estas michélas e marafonas, dizia com um sorriso bonacho, o que nãp impedia de declarar-se discipulo intransigente de Shopenhauer e de prégar inflexivel cruzada contra o eterno feminino, a perdição do homem , o seu instrumento de degradação e insanavel vaillania.

– Tirem-me a mulher do mundo, urrava já muito escaldado com os bocks de cerveja e copinhos de cognac fine champagne, e faço de todos os homens deuses, estes supernaturaes!

Davam-se épocas, entretanto, em que, de viseira alçada, com muita nobreza, relembrando o cavalheirismo castelhano, se batia em rpol do sexo fraco, victima e martyr da prepotencia do forte, secularmente tyrannico e maldoso, brutal e egoista. Nessa quadra de reinvidicação, exigia. Em nome da justiça ultrajada, que a natureza repartisse com igualdade os gravames da reproducção da especie.

Bradava então imperioso:

– Uma vez a esposa, outra o marido. Os taes senhores que experimentem o que é bom. Quero ve-los gravidos!

E com toda a seriedade chegava a affirmar e prometter, que elle, Arnaldo Gracias, á fé de gardingo e descendente de fidalgos wisigodos, de uma só palavra, de antes quebrar que torcer, havia afinal de pôr cobro a tamanha iniquidade.

Boas surriadas e espirituosos dichotes ia promovendo com tudo isso.

Morava não se sabia bem onde, alcandorado em qualquer pouso mais á mão, quasi sempre republicas abarrotadas de estudantes, onde discutia sciencias, artes, literatura, e lá se deixava ficar mais ou menos tempo, conforme o capricho, não se lhe dando absolutamente com a amabilidade ou os máos modos d'aquelles a quem dispensava a honra da sua convivencia.

É que estabelecia logo incommodativo communismo, e a applicação d'esse systema devéras modificava o prozaer de interminaveis e acaloradas palestras, em que gastava tanto fluido vital. Com toda e sem cerimonia, tomava a roupa dos outros, vestindo camisas alheias, quer já servidas , e enfiando-se sem o menor escrupulo nas calças e nos paletots, que encontrásse mais de geito.

E por cima, se o apertavam mais sériamente apuros de dinheiro, não punha duvida alguma em passar a mão nos livros dos que o hospedavam, levando velhas grammaticas, compendios de mathematicas elementares, selectas latinas, ou até obras de preço, que truncava sem o mais leve emba-5raço de consciencia, e ia vender a esses modestos belchiores, chrismados com a alcunha bem feia de ... cagacebos.

Costumava, entretanto, que incoherencia! Esbravejar com sincero furor contra essa timida classe, tão util aos seus habitos, e propunha uma Saint Barthélemy implacavel, que extinguisse de vez a abominada raça.

– Há de chegar o dia, olé, se há de! Annunciava ameaçador. Tenho de olho uns cinco ou seis... Já os avisei... Esses ficam por minha conta... gallegos todos – uma bella bainha de toucinho para a adága dos meus avós!

No fundo, incapaz de matar um caçapo.

II

Tal era Arnaldo Gracias, por emquanto todo entregue á sua paixão pela nevrotica Julia Candelaria.

Entabolara-se o caso, estando elle de pousada na casa em commum de varios empregados de commercio, seus amigos intimos dessa temporada, como era de meio mundo em certas quadras, segundo a veneta, pois não raro tinha tambem acessos de misanthropia, e desapparecia, sem que ninguem pudesse attinar onde ia encafuar-se.

Mettidos a aristocratas e moços de boa roda, habitavam os taes empregados do commercio nas Larangeiras, perto do palacete Candelaria.

Panno para mangas forneceu o publico namoro de Gracias, estampando-lhe as gazetas quasi que diarios sonetos coroscantes, embora monotonos e impregnados de sentimento todo facticio. O auctor porém e alguns adeptos fervorosos os tinham em conta de indiscutiveis obras primas.

– É o Petrarca sul-americano, decidia um dos discipulos na arte bohemia; assombroso, um abysmo!

Não cabia pois Jilia em si de contente, dava escandalo, servindo-se das mucamas e dos molecotes da casa para, a cada momento, enviar cartas e fitinhas, pontas de cabello e flores allegoricas, ou docesinhos e mais isto e mais aquillo, ao incansavel trovador.

Teria, por cento, preferido mais elegancia e plastica no seu porte, barba menos hirsuta, cabellos mais disciplinados e principalmente menos surrado um celebre sobretudo, de verão e inverno; mas emfim, com um bocadinho de exaltação muito senão póde transformar-se em qualidade esthetica.

Ao entardecer

– Que alma! Exclamava com enthusiastico fervor, e que talento, quanta imaginação!

Num bello dia, lembrou-se de autorisar o nosso Gracias a ir pedir ao commendador a sua mão- uma tentativa.

"Perigosa cartada, a que jogamos, dizia ella em carta, mas procurarei por todos os meios e com o maior geito preparar o terreno. Terei coragem; conto com a sua resolução. Apresente-se afoutamente."

E por ahi ia, numas quatro longas paginas.

Gracias, que não guardava segredos com ninguem, e menos ainda com os amigos intimos de occasião, mostrou logo a carta aos companheiros de estadia.

Foi um só brado.

– Olhem o felizardo! Então vai metter-se em cobreira grossa, tornar-se do pá para a mão capitalista graúdo. Que protecção escancarada da sorte! Duzentos contos de pancada!

Quedou-se o nosso heróe não pouco conturbado. Devéras a fortuna repentinamente lhe batia á porta, quando menos pensava em dinheiro? Então iam Ter fim todas as miserias que curtira, ainda que o não preocupassem lá muito, mesmo nada?! Duzentos contos? Que faria de tanto dinheiro, de tantas notas de Thesouro Nacional?

Chegou a declarar muito sériamente que, mal entrasse no dote da menina, mandaria construir vasto hospicio para cavallos e animaes vagabundos, abandonados por doentes e imprestaveis.

– Palavra de honra, gritava, fustigando os moveis com muita força. A humanidade lhes deve isto. Depois, cuidarei de montar a minha grande revista. Preciso, desde logo, dignificxar o dinheiro do gallego.

E falava já com o entono de um millionario.

Em casa, porém, do commendador, reinava muita agitação. A peito descoberto e com ares de irrevogavel resolução, denunciára Julia a paixão que a dominava, batera o pé, tivera uma série de fanicos, mas nada conseguia senão frequentes: "Ora bolas! Contenha-se menina!" "Tenha paciencia, estou já com noivo quasi arranjado!" "Que maluca!" "Não seja tola", "vá bugiar" e outras phrases de invencivel resistencia, além de muitas descomposturas ao tal pelintra, que viera interpor-se entre pai e filha: "Um valdevinos; conheço-o muito: chupador de cerveja da rua do Ouvidor, batedor de carteira", e mil outros deprimentes qualificativos, entre os quaes voltava a cada passo o de "poeta d'agua doce".

De tudo foi logo informado Gracias, mas lá vinha a recommendação: "Não se importe; apresente-se em casa e peça a minha mão. Precisamos Ter do nosso lado a razão. Papae gosta muito de mim mas lá a seu modo.

E tal a insistencia que, numa tarde, ao escurecer, subiu o descendente dos guerreiros hespanhoés, um tanto commovido, força é confessar, as escadas do commendador Candelaria, enfiado n'uma casaca emprestada que, por signal,

75

não lhe assentava nada. Logo se denunciava roupa de emprestimo. Casaca só? Qual, camisa, d'este feita bem limpa, collete, gravata branca, calças, claque e luvas que segurava da mão despretensiosa elegancia – jámais as poderia calçar. Fizera vir da loja botinas de verniz para essa entrevista decisiva.

– É o meu Covadonga, annunciára elle, vou entestar frente a frente com o sanguinario alarabe Alkamah. Pelas barbas dos Gracias, que não me mette medo o bronco Almoravide.

Recebeu-se o Candelaria de cara muito amarrada, todo vermelho, quasi apopletico. Como, porém, se prezava de muito bem educado – uma das suas manias- fel-o sentar, empertigado, casmurro, deixou-o fallar, expôr ao que vinha.

Após breve hesitação, fallou, fallou o rapaz quasi a perder o folego, legitima conferencia, como se estivesse de posse da tribuna da Gloria. Não poupou os excellentissimos.

Afinal o velho o interrompeu, todo inchado de ira:

– Tudo isto é muito bom, declarou com solemnidade de pessoa de finissimo trato; mas o senhor, consinta-me a franqueza, não tem nem eira e está perdendo o seu tempo. A minha filha não é para os seus beiços.

– Tenho diante de mim o futuro, exclamou lyricamente Gracias.

– Bom, bom, não admitto conversas fiadas.

E levantou-se para não arrebentar. Fervia-lhe o sangue nas entumecidas veias. Quis o pretendente replicar.

– Basta, basta, meu rico senhor. Isto aqui não é ponto de bilontras. Queira retirar-se, quanto antes. Pão, pão, queijo, queijo! Por alli é o caminho da rua.

Portou-se Gracias com incontestavel dignidade e calma.

– Pois bem, exclamou um tanto melodramatico, retiro-me, Sr. Commendador, mas lavro solemne protesto. Hei de vingar-me, espera pela pancada.

E descida a escada, ao chegar a soleira da porta, voltou-se, fez das mãos em concavo sonoro porta-voz e atirou aos ares o mais formal desafio a todos os paes despoticos e da velha escola.

– Ó sujo! Ó pé de chumbo.

Em vibrante epistola, sem mesmo despir a casaca, contou logo á Julia o resultado da desastrada conferencia. "Fiquei, narrou elle, offendido nos meus brios mais sensiveis e melindrosos. Tudo supportei por seu esse brutamente seu progenitor. Fôra outro homem, e a esta hora estaria estrangulado, morto. Imagina quanto não soffri. Houve momentos em que suppuz perder a razão com o esforço que fiz por me conter e reprimir os marulhosos borbotões do meu sangue hespanhol. Ainda estou pasmo de ter tido tamanha poder sobre tantos avós, que, do fundo das minhas entranhas, bradavam ululantes: "Vinga-te, mancebo; lembra-te de nós, não deixes que esse desalmado e vil portuguez zombe de Aragão e Castella!"

E, mais por leviandade, do que de tenção feita, terminava propondo á amada immediata evasão d'aquella sinistra Bastilha: "Fujamos, dizia arre-

Ao entardecer

batado, é preciso pôres trermo a tão intenso padecer. Tudo tem limites, a resignação, a paciencia, a cordura, é doce palomba, estrella do meu amor, vida da minha vida, etc., etc."

"Fujamos", foi a resposta, sem a menor vacillação.

E os dous trataram da prompta realisação do temerario projecto.

III

*M*uniu-se, desde logo, Arnaldo Gracias de desabado sombrero e vasto manto hespenhol, que mysteriosamente arvorou, fizesse sol ou chuva, como symbolo de graves complicações e perigosas incidencias, em sua vida, o que a não poucos communicou, exigindo, porém, rigorosissimo sigillo – questão de muito compromettimento.

Cuidou, em seguida, de lançar um emprestimo na praça do Rio de Janeiro, cousa, aliás, bem modesta, uns 200$, que, entretanto, não lhe foi facil reunir, embora offerecesse aos emprestadores de profissão juros positivamente fabulosos. Emfim, já como favor pessoal, já como adiantamento para um livro a sahir dos prélos e destinado a estrondosa acceitação – intitulado, ora Novos aspectos de critica – ora A metempsychose é luz da sciencia, ou então O euréka nas lettras e nas artes – aos 5, 10 e 20$ póde arranjar a somma precisa para ajustar e aluguel de um carro de cocheira com cavallos pretos – velozes como o pampeiro, recommendára elle – ter um quarto melhor no Hotel dos Quatro Cantos – e outras despezas indispensaveis. Aos, creados, largas gorgetas prévias- era de obrigação no melindroso trecho.

Em poucos dias, tudo ficou minuciosamente combinado.

Com as liberdade de vida que tinha Julia Candelaria, nenhuma empreza difficil, aliás, e menos ainda de assombrar, o sahir de casa pelo portão do jardim, das 9 ½ ás 10 horas da noute, metter-se n'um carro á espera alli perto e ... fouette cocher! Nas vesperas do grande dia, ou antes da noute fatidica, sentiu-se Gracias agitadissimo. Não é graça, de certo, proceder-se ao rapto de uma menor, apatacada ou não. E esta idéa de dinheiro pungia até o nosso bohemio de modo especial. Havia momentos em que preferiras saber a amada pauperrima, filha de necessitados operarios, afim de tirar á ventura em que ia metter-se qualquer caracter de vil interesse, como, infallivelmente, não deixaria a malevolencia de assoalhar, perfida, viperina.

Além disto, por mais leviano e despreocupado que se seja, por menos que se pense, representavam esse feito e as immediatas consequencias tam modificação de habitos na sua existencia livre e descuidosa, que, de vez em quando, lhe girava a cabeça como se fôra a perder os sentidos.

Mal podia dormir e passava as noites a fumar cigarrinhos de palha, uns após outros, e a beber chicaras de café, concentrado, apezar das reclamações dos donos da casa.

– Você põe-se doudo varrido com esta historia de rapto, gritavam elles.

No dia então aprazado, não teve um momento de descanço o alvoroçado Gracias. Duas, tres, dez, vinte vezes foi ao tattersal, repetiu as instrucções, descreveu ao cocheiro aprazado os logares, todas as particularidades do ponto de espera, fez d'elle seu confidente, gratificando-o com toda a antecedencia. Do mesmo modo no Hotel dos Quatro Cantos.

A rua do Ouvidor percorreu-a febrilmente o dia todo. Aqui, alli, nas innumeras e vertiginosas passadas, a consultar todos os relogios como se receiasse perder a hora solemne, foi ingerindo calices e mais calices de cognac, kisch e rhum e xerez e mais isto e mais aquillo, em numero de todo o ponto incalculavel, capaz de encher de alto a baixo todo um obelisco egypcio, consagrado a dados estatisticos sobre consumo de liquidos.

E, entretanto, não dava signal de ibriedade; a superexcitação nervosa o aguentava com valentia.

Não pôde jantar. Mal lambiscou umas guloseimas.

Tambem, á hora em que, encafuado no carro, se quedou á espreita da presa, á maneira de ardilosa aranha no centro da teia, não podia mais de cansaço, os membros todos alquebrados, numa lassidão inexprimivel. Cochilava como um perdido e, embora quizesse impedir a conversa do cocheiro com um caxeirinho da venda proxima á casa do commendador, não se mexia, a cabecear, tolhido, inerte, estatelado, ouvindo, comtudo, palavras que deviam tel-o sobresaltado: espéra, rapto, moça de bairro...

Só despertou com a chegada de Julia Candelaria, toda de preto e envolvida em mantilha negra, mas muito senhora de si, alegre, satisfeitissima da sua proeza. Não encontrára estorvo algum; não suscitára nenhuma desconfiança.

Soavam então 10 horas.

– Cocheiro, bradou Gracias sahindo do seu torpôr; toque para o ponto que já sabe... Um relampago!

E lá se foi em disparada o vehiculo pelas ruas já silenciosas, com ares de mysterio muito chic, baixas as cortinas, fustigados valentemente os cavallos negros, encarregados de representar de pampeiro naquelle dramatico episodio.

Emfim... emfim... exclamou Gracias buscando chamar a si todo o enthusiasmo das traições castelhanas, chegou a nossa hora... chegou... chegou...

Qual! somno invencivel lhe prendeu a lingua, fechou-lhe a bocca com mão de ferro. Grande tambem o espanto de Julia, que a pouco e pouco se mostrou amuada, offendida, e afinal se encolheu mal humorada a um canto do carro.

Ao entardecer

Ao rapido balancear da tipoia sonhava o misero com uma cama larga, macia, perfumada, irresistivel, em que afinal tomava desforra completa das passadas insomnias! Como era bom dormir, dormir a farta, refazer as forças perdidas, estender e desentesar os nervos e musculos, tantos e tantos dias contrahidos, repuxados, hyperthenisados! Não, devéras, nada vale um bom conchego, quando a gente tem somnos atrazados, nada se lhe compara!

De repente accordou.

Era o carro que parava, alcançado o Hotel dos Quatro Cantos.

E o creado á porta, gravibundo, ainda que revestido de certo ar de condescendencia, esperava os dous pombinhos e os foi guiando com toda a discrição ao quarto preparado.

Fecheram-se.

Gracias, acabada a momentanea sacudidéla da chegada, não comprehendia mais onde estava, o que fazia. Tudo entrava no dominio do sonho, E não era que o via realisado? Como que lhe estirava amorosos braços uma cama, a puxal-o com desapoderada attracção na sua brancura, deslumbrante a olhos faceis, bem duvidosa, entretanto, máo grado todas as recommendações mil vezes feitas. "Um ninho de cysnes!" pedira instante ao hoteleiro, gostando, mais que tudo, da phrase.

Como, pois, não se deitar logo e logo a fio comprido? Como recusar-se a tão convidativos e suaves encantos? Impossivel, superior a forças humanas... n'aquella emergencia!

– Ao thálamo nupcial, balbuciou elle, Julia... minha celeste Julia!

E, dando o exemplo, tirou depressa as celebres botinas de verniz e, vestido como estava, embrulhado no manto hespanhol, deixou-se ir, sem resistencia, a um somno de chumbo, acabrunhador, inteluctavel. D'alli a nada resonava como um bemaventurado.

Estava a imprudente Julia positivamente attonita, terrificada. Que significava tudo aquillo?

Lembrou-se de gritar, de pedir socorro, bater nas paredes, mas não poude, sentia-se paralysada ao menor movimento, sem voz, sem acção.

Deixou-se cahir, envolvida em sua mantilha negra, apathisada, longo tempo, talvez horas, sem saber o que seria d'ella. Olhava sem ver para o singular raptor, cujo corpo, á luz da mortiça stearina, se lhe afigurava simplesmente o de algum bicho monstruoso, repugnante; e lagrimas compridas desfiavam-lhe amargas pela faces afogueadas.

Nem de proposito, numa sala proxima, entre grandes berreiros, terminava-se uma ceia com proporções orgiaticas, e os gritos descompassados de homens e mulheres, o espoucar estrepitoso do champagne, as saudes, os hipps e hurrhas, lhe imprimiam ao systema nervoso contrachoques electricos, que a punham quasi louca.

A pouco e pouco, porém, se iam acalmando e esbatendo todos os barulhos da rua, e multiplos ruidos do hotel, quando a desventurada verificou,

79

transida de horror, que a vela breve se extinguiria. Como, ás escuras, em tão pavorosas circumstancias? Se aquelle homem passasse do somno á morte?

E esta idéa tanto a aterrou, que, fazendo heroico esforço sobre si mesma, procurou na maior anciedade e por toda a parte meios de prolongar a claridade, prestes a sumir-se.

Foi-lhe de grata impressão encontrar na gaveta do lavatorio um pacóte de falsificado Clichy.

– Emfim! Não poude deixar de exclamar.

Recuperando algum alento, depois de reformar a vela, achegou-se a Gracias e chamou-o a principio com meiguice e bem baixinho, depois com força, impaciencia e raiva.

– Arnaldo... Arnaldo, estou com medo..., accorda! Sr. Arnaldo... accorde!...

Mal se mexeu o desastrado. Ergueu, n'um gesto inconsciente, as mãos immensas, que puzeram temerosas sombras na parede, e murmurou:

– Conversaremos amanhã... temos... muito tempo.

Desanimou Julia de vez, instinctivamente offendida.

Enfim, não ficaria ás escuras, não era pouco; accendeu até duas velas mais, e, de volta á sua cadeira de braços, com a maior intensidade de luz, contemplou espaçadamente aquelle novo Endymion, presa de inquebravel dormir, o ideal do seu romance, o pomo de discordia com o seu velho pai, tão bom, prompto sempre a lhe fazer todas as vontades, o causador da sua vergonha e irremediavel desgraça.

Pois devéras era aquillo?! Que nariz ridiculamente arrebitado, que barbas de piaçava, que cabellos e que tez esverdeadas, baça! E a grotesca saliencia dos olhos por baixo das palpebras inchadas? E as sobrancelhas em matagal, unidas como sombria e fatidica linha? Santo Deus, que pés colossaes, mettidos em meias de branquidão negativa!

Que seria della, perdida para todo sempre, depois de tamanho escandalo, travados a sua existencia inteira, o seu futuro, com o desse seductor impossivel?!

E de novo chorou copiosamente quando a madrugada já vinha colorindo de rosicler uns pontos do espaço, annunciada pelo estridulo grito dos galhos matutinos.

Sorria-se todo feliz Gracias na sua beatitude de largo repouso afinal comquistado; mas nem por isto se mostrava menos feio e repulsivo, pelo contrario. Ah! quanto arrependimento, que intenso vexame, no peito de Julia! Que acerbas reeflexões! Que horas ainda! Que anhelo, para que aquella noite acabasse e ao mesmo tempo nunca pudesse ter fim, nunca, durasse eternamente.

Afinal, vencida por mortal fadiga e indizivel angustia, pegou tambem no somno, na tal cadeira de balanço.

IV

*F*oi a triste e mesquinha heroina accordada em sobresalto por enorme barulho. De todos os lados inundava o quarto sol alegre, triumphante; deviam ser 8 horas da manhã.

Batiam á porta com desabalada violencia, iam arrombal-a .

Gracias nem se mexeu.

Julia Candelaria fez um esforço e, arrastando-se deu volta á chave.

Atiraram-se sofregos para dentro em bolo o commendador, o delegado de policia, soldados e curiosos. Fructificara a palestra de vespera do indiscreto automedonte, pondo a auctoridade na pista immediata e certa dos fugidinhos.

Dominando a immensa conturbação, viu a moça afinal a salvação. Agarrou-se ao pae que, em vão, buscou repelil-a .

– Juro, exclamou ella bem alto e com accento de irrecusavel verdade, que passei a noite toda naquella cadeira de braços. Não me acabrunhe mais com a sua justa colera, meu pae... meu bom pae... minha protecção única nesta terra de miserias. Tenha pena de mim, da sua filha tão infeliz! Fui... muito, muito culpada... mas salvei-me...

E com tudo isso Gracias nem se mexia.

Afinal sacudiu-o umas tres ou quatro vezes o delegado com energia por um braço, e o homem... despertou.

– Bom, disse elle com relativa calma, esbogalhando quante poude os estremunhados olhos, temos agora historias com o senhora policia... era infallivel!

E, sentando-se na cama, pegou com as mãos os pés em attitude de quem estava disposto a encetar conversa familiar e entrar em accordo amigavel.

Fossem razoaveis, era só o que pedia.

Não mostrava maior abalo.

– Aliás, continuou já um tanto altivo, acatei esta donzella como se fôra minha irmã. Ella que o diga... Sei portar-me como cavalheiro. Raptei-a, para que o commendador, aqui presente e que me merece estima e consideração, consentisse na eterna união de dous corações leaes, que se estremecem loucamente e anceiam um pelo outro!...

Julia soluçava como uma perdida.

– Que vergonha! Que vergonha!... Como é que se não morre nestes casos?

Candelaria mostrava-se muito abatido.

– Devéras, minha... filha? poude elle a custo perguntar.

Teve a moça uma arrancada de desespero e indignação.

– Casar-me com esse homem bradou estancando de subito o angustioso chorar, antes a morte, mil vezes antes, na forca, diante do mundo inteiro! E, numa explosão de bem sincera dôr, implorou humilde e meiga:

– Tenha dó, meu pae, da sua desgraçada filha... Leve-me d'aqui já e já... Soffro como jámais pude imaginar sofrer!... Nada lhe occultarei!... Nunca mais lhe hei de desobedecer, mas vamo nos embora... perdão, perdão.

Quinze dias depois, e muito á capucha, effetuou-se o casamento de Julia Candelaria, com o desempenado rapagão que o commendador tinha desde muito de olho, conforme avisára a filha.

Partiram os ditosos noivos sem demora para a Europa, e, de certo, não acharam motivo algum de estranhza e queixa um em relação ao outro. Fôra, ainda mais, o dote duplicado, acima de toda a expectação...

Quanto a Arnaldo Gracias, continuou na sua existencia desorientada e solta, cada vez mais bohemia e mais satisfeito comsigo mesmo.

Toda uma epopéa aquelle momento phsychico da turbulenta vida!

Pudéra, qual outro archanjo S. Raphael conculcando aos pés o truculento Belzebuth, subjulgar victorioso a animalidade feroz e bramante, amordaçar a turgidez da desencadeada luxuria, agrilhoar pela inacreditavel possança do idealismo as tremendas e leoninas investidas da materia, e arcar, braço a braço, peito contra peito, em esforço titanico, com os impetos vorazes da volupia, tudo para quedar-se immovel de joelhos, em extasi de mystica homenagem, puro, continenti, sem pécha, na mais adoravel e santa vigilia de amor e de respeito, ante o symbolo da paixão etherea, seraphica, lyrio virginal, a fl ôr sublime, que sahira de tão extraordinaria prova immaculada, impolluta, intemerata, adamantina, realçado o brilho offuscador da incomparavel confiança, candidez e castidade!

E com todos esses elementos da mais inspiradora subjectividade, em menos de meia hora e entre dous calices de cognac, compôz, sublimando a virtude propria e o seu heroismo, esplendido soneto nuns sonóros alexandrinos, muito citados depois, e que, nos gremios litterarios da mocidade, provocavam sempre applausos de fremente enthusiasmo e enternecida admiração.

Ao entardecer

O estorvo

Muito, mas muito, contente sempre de si e comsigo mesmo o Amaro Esteves, sobretudo agora que ganhára, por bamburrio, não pouco dinheiro no encilhamento. Por cima, o premio integral de cem contos de reis na loteria da Bahia.

Sim senhor, graças aos inesperados e meigos sorrisos da sorte, se tornára, nada mais, nada menos, um capitalista importante.

E rapaz ainda, bonitasso, na casa dos 35, atirado ás mulheres, gostando de roupagens claras, gravatas vermelhas com alfinetes de grande brilhante, pilherico, mettido a contar anecdotas engraçadas, picarescas.

A massada era a Nicóta, a mulher, tão franzina, desengonçada, chôchinha, sem carnes, sempre retrahida, muito acaipirada, cousa demais. Tambem fôra aquelle casamento uma bobagem, estopada de marca maior.

Mocinho, numa festa de roça, tolamente se embeiçára por ella, então rapariga sem graça nenhuma, e, quando déra accordo de si, záz, traz, nó cégo, estava casado, amarrado para todo o sempre pelo conjungo de um vigario de aldêa. Que espiga!

Não era, de certo, másinha a Nicóta, muito accommodada, calada, no fundo nulla, absolutamente nulla. Della não vinha nem bem, nem mal ao mundo. Incapaz de matar uma mosca. Servira nos tempos de penuria e miseria, quando vegetára nuns empregos réles, de cacaracá; mas agora que pretendia fazer figura na sociedade, frequentar theatros, concertos e bailes, receber e dar jantares, como se avir com semelhante pamonha?

Nada lhe assentava no corpo mal ajorcado, sem ondulações nem quadris. Não havia chapéo que lhe quadrasse, e por mais jóias que puzesse ficava até pior. Mettia-lhe devéras vergonha, ella ao seu braço pela rua do Ouvidor afóra.

Não sabia nem sequer aproveitar o cabello que tinha comprido e abundante. Penteava-o á china, puxando-o todo para traz e deixando a testa de bater roupa, com uma cara muito feia, rechupada, faces encovadas, olhos empapuçados, beiços escados em ponta, como bico de chocolateira.

Por mais que lhe dissesse: "arranje-se melhor, Nicóta; veja fulana, veja sicrana", não adiantava um passo, nem cousa alguma conseguia.

Tinha por vezes vontade de lhe empurrar a mão, dar-lhe pancada e até cabo da pelle, vel-a morta, mettida no caixão e enterrada. Que allivio! Com mil bombas, aquillo não era mulher para elle!

Ah! fosse casado com alguma desempenada, que vida, que figurão! Alguem que o comprehendesse e estivesse na altura da posição conquistada, elle que pretendia agora abrir os seus salões, mandar até comprar um titulo em Portugal.

Vejão, porém, só a Nicóta baroneza ou viscondessa; ninguem a tomaria a sério, ninguem; um varapáo de saias, sem expressão, sem vida, nem peixe, nem carne. E a abrir a bocca, era logo um xurrilho de asneiras "muié, havéra, promóde, teia, panhou, rancou". Mal sabia lêr e escrever.

Aquillo nunca se havia de desemburrar, excusado!

Só prestava para pregar botões ás camisas e ceroulas e coser na machina, assim mesmo tão vagarosa, desconsolada sempre, á mercê do marido, numa pasmaceira enorme, desfibrada, atonica, inerte, attenta só á limpeza da casa, que trazia como um brinco.

Que massada, que peso, a tal Nicóta! Se ella pudesse esticar a cannela, morrer de uma boa vez!... Não faria nada por isso, porque afinal não era nenhum criminoso, desalmado e assassino. Só se a natureza se lembrasse de libertal-o daquella lesma. E devia merecer esse favor, porque estava mil furos acima de semelhante creatura chlorotica, esgrovinhada, incapaz de lhe seguir os passos, sobretudo na vida nova que a fortuna le proporcionára.

Com a bréca, dispôr de centenas de contos e estar de mãos e pés atados, preso a um ente daquelles!

Lá podia pensar em viajar a Europa com Nicóta? Por toda a parte provocaria riso e chasco, bem merecidos, lá isso era verdade.

Nunca tivéra filhos e felizmente. Havião de ser uns apatetados da força da mãe.

E de alguns annos a esta parte de continuo achacada; ora disto, ora daquillo outro, umas dôres vagas, oppressões, faltas de respiração, que a tornavão ainda mais feia, obrigando-a a esturdias caretas.

Falára, um medico em molestia do coração adiantada até. Qual! Já havia disso um bom par de annos, e nada della arrebentar. Mulher doente, mulher para sempre; o dictado tinha toda a razão. Mil raios!

Depois então das historias do encilhamento, parecera melhorar, e muito. Não se queixava, nem mesmo o pouco ou quasi nada do costume.

Se, pelo menos, mostrasse ufania e admiração pelo marido! Nada! Incapaz de qualquer movimento que não tivesse repetido na vespera, antehontem, uma semana, um mez, dez ou quinze annos atraz.

Tambem elle a soccava sem a menor cerimonia em casa e, em todos os tempos, ia lá fóra pagodear á grande. Agora não se fartava de ceiatas com francezas bem pandegas e de cabello pintado de açafrão. E, no dia seguinte das grossas patuscadas, encontrava sempre a mesma physionomia, fria, impassivel, sem a menor alteração.

Devéras atacava-lhes os nervos.

Ah! se a tal molestia de coração pudesse estar caminhando! Quem sabe? Qual! Ás vezes lhe perguntava com ar de interesse: "Então, Nicóta,

Ao entardecer

aquellas dôres?" "Estou bem mió, respondia ella a arrastar a voz esganiça-
da e chorosa. Nunca mais tive nada!"

Elle viuvo, que vidão! Tudo se havia de transformar, desligado daquella
pesada poita. Montára casa rica, cheia de trastes dourados e numerosas
creadagem, alguns até francezes. E não é que a Nicóta se levantava quasi de
madrugada, como nos tempos de amanuense da secretaria de policia, em
que tinha de ir accender fogo e preparar café?

Que estupida, afinal!

E não ter animo de largal-a de vez n'algum pasto de Minas ou Goyaz!
Não se tinha em conta de nenhum barbaro, sem piedade ou canalha refi-
nado. E que dirão depois?

Só mesmo a morte. Nem podia tardar; tinha ella vivido quanto bastava. Es-
tavão casados, já uns 16 annos. Na tal festa da roça (maldita festa, sua desgraça)
contava 20 feitos. Ora, 20 com 16, são 36; a sua idade, delle, vejão só. Que loucura, que asneira aquelle casamento! Nem um vintem de dóte, nem olhos, nem
cintura, nada, nada, um páo secco! E isso era a mulher de um capitalista!

Por esse tempo soffreu Amaro Esteves um desgosto não pequeno; a
noticia da morte, em Caxambú, do Pantaleão, seu bom amigo de pagodei-
ras. O homem, sem saber, padecia do coração; foi ás aguas, abusou dellas
e bumba! botou-se de repente para o outro mundo! Ora, o Pantaleão, tão
bello, moço, alegre e divertido, morrer assim aos 32 annos, quando tinha
tanto que gozar nesta vida!

Mas que perigo as taes aguas! Qualquer cousa nos pulmões ou coração e toca
a fugir. Nada de facilitar. Custa, ás vezes, tão pouco revirar de uma feita os olhos!

Por esse tempo, começára tambem o nosso Amaro o namoro com a baroneza da Silva Velho, no lyrico; uma viuva quasi quarentona, toda faceira,
um peixão em todo o caso. Chegarão as cousas a dar na vista de todos.
"Ah, Snr. manganão, lhe dissera o Santos Alves, o corretor, lembre-se de
que é casado. "Diabo, Ter de lembrar-se logo disso!

Um pobre coitado, um pé rapado poucos annos antes, mettido agora em
derriço, escandaloso com uma senhora do high-life, uma titular! Tivesse a sua
liberdade e jogava-se a seus pés, pedindo-lhe humildemente a mão de esposa.

Mas o inferno de Nicóta! Que trambôlho...

Não, aquillo, não podia continuar assim, indefinidamente, até o demo
dar com o basta!

E a idéa de Caxambú não o deixava um instante, não lhe sahia mais da
cabeça, á toda a hora do dia e da noute, principalmente á noute, lá pela
madrugada, durante longas insomnias.

Foi afinal consultar o Dr. Maria Meirelles, um medico formado de fresco, seu visinho, muito mocinho; indagou se uma estação de Caxambú não
conviria á mulher. Mostrava pouco appetite, suppunha-a doente do estomago e figado. Caxambú? Optimo, excellente! Não podia haver cousa melhor.

Ahi, meio conturbado, falou em pontadas do coração, receios de estar esse orgão affectado.

Então convinha examinar, auscultar. Mas não, coração que dóe é como cão que ladra. Ligavão-se os incommodos uns aos outros, e Caxambú daria conta de tudo. Pagou generosamente e sahio da consulta todo alegre, exultante quasi. Estava salva a sua responsabilidade. Cobria-o a autoridade daquelle profissional, que tinha obrigação de saber o seu officio. Quanto a elle, nada occultára; fôra até bem claro, puzéra os pontos nos ii. Podia lavar as mãos pelo que désse e viesse.

Chegou a se ter em conta de marido exemplar.Afinal, buscava solicito a saude da mulher, sua companheira de tantos annos. Com certeza, Caxambú lhe faria um bem enorme.

E a pensar em tudo isso, na mais singular amalgama, em que via combionada a vantagem de ambos, divisava futuro todo côr de rosa.

Aliás, com a bréca, ainda quando a opinião do Dr. Meirelles não o desculpasse bastante aos proprios olhos, absolvião-no plenamente as theorias modernas. Tinha o direito, como homem de resolução, de quebrar com coragem os obstaculos que lhe impedião os passos.

Parafusou, parafusou e, afinal, partiu com a mulher para Caxambú.

E não é que as aguas começáram a fazer sensivel beneficio á Nicóta? Chegou até a engordar, facto que nunca lhe succedêra. Bom, a elle, é que as cousa sahião ás avessas. Viéra para um fim e o contrario é que se dava. Forte caipora!

E nos seus intimos frenesins sentia impetos de esganar a mulher, ao vel--a dormir com os beiços cada vez mais bico de chocolateira. Que cara, que pelle amarellada e por cima ainda cheia de sardas! Mettia nôjo.

Não havia remedio; era resignar-se. Tinha que carregar aquella cruz até ao ultimo dia da vida, seu destino.

Certo dia, porém, á mesa do jantar, Nicóta ergueu-se de repente, levou a mão ao peito, soltou um grito abafado de angustia e tombou no chão, redondamente morta.

Causou o caso no hotel immenso alarma, correrias, quedas, desmaios, um horror!

Desfez-se elle num pranto sem fim, consolado pelos amigos de occasião. "Tivesse paciencia, a sorte de todos, D. Nicóta fôra feliz até na mórte." "Com effeito, mas era tão bôa, companheira de tantos annos, assim de repente, aggravante á sua dôr." E mais isto e mais aquillo.

E, não cessou de chorar e lamentar-se, ora mui leal e convencidamente, ora por simples comedia, até á volta do cemiterio de Baependy, pois nesse tempo Caxambú não possuia ainda terreno para enterrar os seus mortos, ou hospedes, ou moradores do lugar.

Essa volta de Baependy!... A tarde estava tão linda e serena, o céo tão puro e risonho, a paizagem toda tão grata, illuminada pelos ultimos raios do poente em fogo!

Ao entardecer

Amaro Esteves sentio-se outro, o peito desafogado e dos labios entreabertos deixou escapar expressivo e mysterioso Emfim!

E sorrio-se ao recordar-se da baroneza da Silva Velho. Fal-a-ia viscondessa, não havia duvida.

Recolheu-se, ao chegar, a um aposento qualquer, deitou-se cedo e dormio largo e tranquillo somno.

De madrugada acordou assombrado, tiritando de horror.

Clamor immenso, sem nome, indizivel, enchia aquelle quartinho de hotel; mil clarins de Jericó, trompas infernaes, repercussões medonhas, écos terrificos, tudo dominado por uma vóz pungente, um uivo de suprema agonia a bradar: Assassino! Assassino! Assassino!

Gelido suor inundou-lhe o corpo todo e os cabellos se lhe erriçárão no alto da cabeça...

FIM